Collection folio junior

dirigée par
Jean-Olivier Héron
et Pierre Marchand

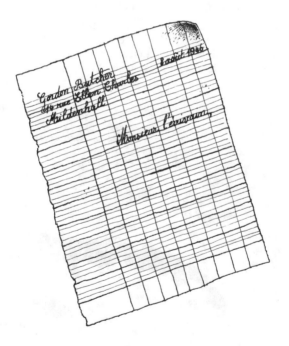

C'est au pays de Galles que **Roald Dahl** est né. Ses parents étaient Norvégiens.

Il passe sa jeunesse en Angleterre et, à l'âge de dix-huit ans, part pour l'Afrique, où il travaille dans une compagnie pétrolière. Pendant la Seconde Guerre mondiale, il est pilote de chasse dans la Royal Air Force.

Il se marie en 1952, et a maintenant quatre enfants.

Après toutes ces aventures, Roald Dahl s'est mis à écrire : des histoires souvent insolites comme *James et la grosse pêche, Charlie et la chocolaterie,* ou humoristiques comme *Fantastique Maître Renard, Les deux gredins,* toutes publiées dans la collection « Folio Junior ».

Henri Galeron a dessiné la couverture de *L'enfant qui parlait aux animaux.* Il est né en 1939 dans les Bouches-du-Rhône et aime à dire qu'il ne dessinerait pas s'il pouvait vivre de la pêche à la ligne. Mais, heureusement, il doit être un bien mauvais pêcheur, car il dessine beau-

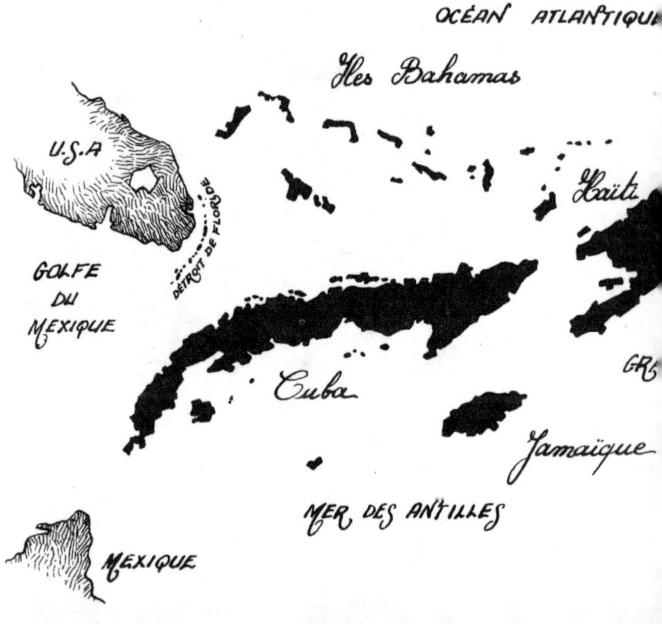

OCÉAN ATLANTIQUE

Îles Bahamas

U.S.A

Haïti

GOLFE
DU
MEXIQUE

DÉTROIT DE FLORIDE

Cuba

GR

Jamaïque

MER DES ANTILLES

MEXIQUE

coup : des couvertures de livres, de disques, des albums... et pour « Folio Junior » il est déjà l'auteur des couvertures de *L'Appel de la forêt* de Jack London, des *Contes de ma Mère l'Oye* de Charles Perrault, de *James et la grosse pêche* et *Charlie et la chocolaterie* de Roald Dahl, de *Sama prince des éléphants* de René Guillot et de *Sa Majesté le tigre* de Reginald Campbell.

Morgan a débuté au quotidien *Ouest-France* en Bretagne, comme dessinateur de presse. Il n'y a pas très longtemps, puisqu'il est né en 1948. Puis il a collaboré à de nombreux journaux : *Le Nouvel Os à moelle,* où il a fait des dessins humoristiques, *Le Matin*... Membre d'Encre libre (association de dessinateurs de presse), il participe à la création de chaque mensuel.

Pour la collection Folio Junior, il a illustré *Le Diable dans la bouteille,* de Stevenson, *Le Chat de Simulombula,* de Jacqueline Held.

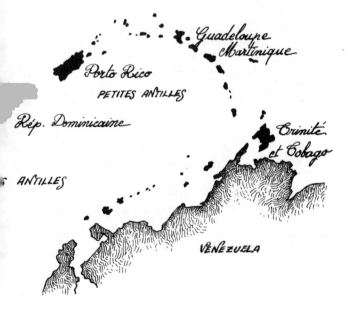

Titre   original   :

The boy who talked with animals,
The Hitch-hiker,
The Mildenhall treasures.

Roald Dahl

L'enfant qui parlait aux animaux

Traduit de l'anglais
par
Marie-Raymond Farré.

Illustrations de Morgan

Gallimard

L'enfant qui parlait
aux animaux

Il n'y a pas très longtemps, je décidai de passer quelques jours de vacances aux Antilles. Des amis m'avaient raconté que c'était un endroit merveilleux où je paresserais toute la journée, me dorant au soleil sur des plages argentées et nageant dans une mer chaude et verte.

Je choisis la Jamaïque et pris le vol direct Londres-Kingston. Le trajet de l'aéroport jusqu'à mon hôtel, sur le littoral nord, dura deux heures. Des montagnes aux forêts sombres et luxuriantes couvraient l'île. Le gros Jamaïquain qui conduisait le taxi me disait qu'à l'intérieur de ces forêts vivaient des communautés d'êtres diaboliques qui pratiquaient encore le vaudou, la sorcellerie et autres rituels magiques.

« N'allez jamais dans ces forêts ! me dit-il en roulant des yeux. Il s'y passe des *choses* qui pourraient faire blanchir vos cheveux en un clin d'œil !

— Quel genre de choses ? demandai-je.

— Il vaut mieux ne pas le demander, répondit-il. D'ailleurs, c'est dangereux d'en parler. »

Ce fut tout ce qu'il me dit à ce sujet.

Mon hôtel était situé au sud d'une plage nacrée et le site était encore plus beau que je ne l'avais imaginé. Mais en franchissant les grandes portes de l'entrée, je me sentis mal à l'aise. Il n'y avait aucune raison, car apparemment tout allait bien, pourtant je n'arrivais pas à me débarrasser de cette impression. L'hôtel avait quelque chose d'étrange et de sinistre. Malgré le luxe et la beauté, il y avait une menace dans l'air, une odeur de danger qui flottait comme un gaz empoisonné.

Et je n'étais pas sûr que c'était seulement l'hôtel. L'île entière, les montagnes, les forêts, les rochers noirs qui bordaient la côte, les arbres croulant sous des fleurs d'un rouge éclatant, tout cela et bien d'autres choses faisaient que je me sentais mal à l'aise. Cette île recélait quelque force maligne, je le pressentais.

Ma chambre d'hôtel avait une petite terrasse d'où je pouvais descendre jusqu'à la plage de cocotiers. De temps à autre, une énorme noix de coco verte, grosse comme un ballon de football, tombait du ciel et venait s'écraser sur le sable avec un bruit sourd. C'était folie que de s'attarder sous un cocotier, car si l'un de ses fruits vous atterrissait sur la tête, il vous écrabouillait le crâne.

La jeune Jamaïquaine qui vint ranger ma chambre me raconta qu'un riche Américain, Mr. Wasserman, avait justement trouvé la mort dans ces circonstances, deux mois auparavant.

« Vous plaisantez, lui dis-je.

— Non ! s'écria-t-elle. Je ne plaisante pas ! Je l'ai vu de mes yeux !

— Ça a dû faire des tas d'histoires, non ? demandai-je.

— Ils ont étouffé l'affaire, répondit-elle sombrement. Les gens de l'hôtel et les journaux ont étouffé l'affaire, parce que des choses comme ça, c'est mauvais pour le tourisme.

— Et vous dites que vous l'avez vraiment vu ?

— Je l'ai vraiment vu. Mr. Wasserman était sous cet arbre, là-bas, sur la plage. Il a sorti son appareil photo et il a visé le coucher de soleil. C'était un coucher de soleil rouge, très joli, ce soir-là. Et soudain, une grosse noix de coco verte est tombée juste sur son crâne chauve. *Wham !* »

Elle ajouta, avec quelque délectation :

« Et c'est le dernier coucher de soleil qu'a vu Mr. Wasserman.

— Il est donc mort aussitôt ?

— Aussitôt, je ne sais pas, dit-elle. Je me souviens qu'après, il a lâché l'appareil sur le sable, et les bras lui sont tombés. Puis il s'est mis à se balancer. Il s'est balancé plusieurs fois d'avant en arrière, très doucement. Moi, j'étais là, je le regardais, et je me disais : le pauvre homme, il a un étourdissement, il va peut-être s'évanouir. Puis très très lentement, il a basculé et il est tombé.

— Etait-il mort ?

— Raide mort.

— Juste ciel !

— Exactement, dit-elle. Aussi, il vaut mieux ne pas rester sous un cocotier quand la brise souffle.

— Merci, dis-je. Je m'en souviendrai. »

Le second soir de mon arrivée, j'étais à ma terrasse avec un livre sur les genoux et un grand verre de punch à la main. Je ne lisais pas, j'observais un petit lézard vert qui poursuivait un autre petit lézard vert, sur le sol, à six *pieds* de moi. Le chasseur suivait l'autre très lentement, avec d'infinies précautions, et lorsqu'il fut près de l'atteindre, sa longue langue jaillit et toucha la queue du deuxième. Celui-ci se retourna d'un bond et les deux lézards se firent face, sans bouger, collés au sol, très tendus, en se regardant. Puis soudain, ils se mirent à exécuter une drôle de petite danse sautillante. Ils sautillaient en l'air, en arrière, en avant, sur les côtés. Ils tournaient comme deux boxeurs, bondissant, caracolant, tout en dansant. C'était un spectacle étrange et je pensais qu'ils effectuaient une sorte de rituel amoureux. Je restais immobile, attendant la suite.

Mais je ne vis jamais la suite parce qu'à ce moment-là, je réalisais qu'en bas, sur la plage, il y avait une extraordinaire agitation. D'un coup d'œil, j'aperçus une foule de gens rassemblée au bord de l'eau, près d'un canoë de pêche que l'on tirait sur le sable. J'en déduisis que le pêcheur avait dû faire une bonne prise et que la foule était venue regarder.

J'ai toujours été fasciné par la pêche. Je posai mon livre et me levai. D'autres personnes de l'hôtel descendaient de la véranda et couraient sur la plage pour rejoindre l'attroupement, au bord de l'eau. Les hommes portaient ces épouvantables bermudas qui descendent jusqu'aux genoux et des chemises roses, orange et autres couleurs violentes... de quoi attraper la jaunisse. Les femmes avaient meilleur goût et la plupart étaient vêtues de jolies robes en coton. Presque tous tenaient un verre à la main.

Je pris mon verre et descendis sur la plage directement par la terrasse. Je fis un petit détour pour éviter le cocotier sous lequel Mr. Wasserman avait, paraît-il, trouvé la mort, et traversai la belle plage argentée avant de rejoindre le groupe.

En fait, ce n'était pas la pêche l'objet des regards. C'était une tortue, une tortue qui gisait sur le dos, dans le sable. Mais quelle tortue ! Elle était gigantesque, un vrai mammouth. Je n'aurais jamais pensé qu'une tortue pût être aussi énorme. Comment donner une idée de ses dimensions ? Je crois que si elle avait été sur ses pattes, un homme de grande taille aurait pu s'asseoir sur son dos sans que ses pieds touchent terre. Elle avait peut-être cinq *pieds* de long et quatre de large, avec une haute carapace en forme de dôme, de toute beauté.

Les pêcheurs qui l'avaient capturée l'avaient renversée sur le dos pour l'empêcher de fuir. Ils avaient aussi enroulé une grosse corde autour de sa carapace, et l'un d'eux, un Noir élancé, vêtu seulement d'un pagne, tenait fièrement cette corde à deux mains, à une courte distance.

Quant à la bête splendide, elle étirait au maximum

son long cou ridé. Ses quatre grosses nageoires, munies de fortes griffes acérées, battaient l'air désespérément.

« Reculez, mesdames et messieurs, s'il vous plaît ! cria le pêcheur. Restez en arrière. Ses griffes sont rudement dangereuses ! Elles peuvent vous arracher un bras ! »

La foule des clients de l'hôtel était à la fois effrayée et ravie par ce spectacle. Une douzaine d'appareils photo surgirent et se mirent à mitrailler l'animal. De nombreuses femmes poussaient des cris de plaisir et s'agrippaient aux bras de leurs hommes. Quant aux hommes, ils manifestaient leur courage et leur virilité en faisant des réflexions stupides à haute voix :

« Hé ! Al ! et si tu faisais des montures de lunettes en écaille avec sa carapace ? Ça serait joli, hein ?

— Ce satané machin doit peser plus d'une tonne !

— Elle peut vraiment flotter ?

— Bien sûr. C'est aussi une excellente nageuse. Elle remorquerait un bateau facilement.

— Elle est carnassière ?

— Non, les tortues carnassières ne sont pas aussi grosses. Mais attention, elle vous arrachera la main en moins de deux si vous vous approchez trop.

— C'est vrai ? demanda l'une des femmes au pêcheur. Elle pourrait arracher la main de quelqu'un ?

— Oui, ça pourrait arriver très vite, répondit le pêcheur en souriant de ses dents blanches et étincelantes. Quand elle est dans l'Océan, elle ne vous fait pas de mal. Mais si vous la capturez, que vous la tirez sur la rive et que vous la renversez comme ça, alors, diable de diable, gare ! Elle attrape tout ce qui se trouve à sa portée !

— Je crois que si j'étais à sa place, je ne serais pas non plus de très bonne humeur », dit la femme.

Un imbécile avait trouvé une planche de bois sur le sable et il la tirait vers la tortue. C'était une planche de belle taille, environ cinq *pieds* de long et peut-être un *pouce* d'épaisseur. Il se mit à taper la tête de la tortue.

« Ne faites pas ça, dit le pêcheur. Ça la met en colère. »

Quand le bout de la planche toucha le cou de la tortue, l'énorme tête se retourna vivement, la gueule s'ouvrit et *snap !* elle attrapa la planche et la broya comme un morceau de fromage.

« *Wow !* cria la foule. Vous avez vu ça ? Encore heureux que ce ne soit pas un bras !

— Laissez-la tranquille, dit le pêcheur. Ça ne sert à rien de l'exciter. »

Un homme ventripotent, aux hanches larges et aux très courtes jambes, s'approcha du pêcheur et lui dit :

« Ecoute, mon gars, je veux cette carapace. Je te l'achète. »

Il se tourna vers sa corpulente épouse :

« Tu sais ce que je vais faire, Mildred ? Je vais ramener cette carapace à la maison et la faire astiquer par quelqu'un du métier. Puis je la placerai au beau milieu de notre salle à manger. C'est pas une idée, ça ?

— Fantastique, répliqua l'épouse rondelette. Vas-y, mon chou, achète-la.

— Ne t'inquiète pas, dit-il, c'est comme si c'était déjà fait. »

Il demanda au pêcheur :

« Combien pour cette carapace ?

— Je l'ai déjà vendue, répondit le pêcheur. La carapace et tout.

— Pas si vite, mon gars, dit l'homme ventripotent. Je te paierai davantage. Allons, on t'a offert combien ?

— Impossible, dit le pêcheur. Elle est déjà vendue.

— A qui ? demanda l'homme ventripotent.

— Au directeur.

— A quel directeur ?

— Le directeur de l'hôtel.

— Vous avez entendu ça ? hurla un autre homme. Il l'a vendue au directeur de notre hôtel ! Et vous savez ce que ça signifie ? De la soupe à la tortue ! Parfaitement !

— C'est vrai ! Et du bifteck de tortue. Tu as déjà mangé du bifteck de tortue, Bill ?

— Jamais, Jack, mais j'en meurs d'envie.

— Un bifteck de tortue, c'est meilleur que du vrai bifteck, si on le prépare bien. C'est plus tendre et ça a un de ces goûts !

— Ecoute, dit l'homme ventripotent au pêcheur, ce n'est pas la viande qui m'intéresse. Le directeur peut la garder comme il peut garder tout ce qui est à l'intérieur, même dents et ongles des pieds compris. Moi, ce que je veux, c'est la carapace.

— Et tel que je te connais, mon chou, lui dit sa femme en le regardant d'un air radieux, tu l'auras. »

Quant à moi, j'écoutais ces êtres humains parler de tuer, de manger et d'apprécier le goût d'un animal qui paraissait, même sur le dos, rempli d'une extraordinaire majesté. Une chose était certaine. Cette tortue était plus âgée qu'aucun d'entre eux. Elle avait navigué dans les eaux vertes des Antilles pendant probablement cent cinquante ans. Elle existait déjà à l'époque où George Washington était président des Etats-Unis ou lorsque Napoléon avait été battu à Waterloo. Sans doute était-elle alors très jeune, mais elle existait certainement.

Et maintenant, elle gisait là, renversée sur cette plage, attendant d'être sacrifiée pour de la soupe et du bifteck. Elle était évidemment alarmée par tout le bruit et tous les cris qu'il y avait autour d'elle.

Elle tendait son vieux cou ridé et tortillait son énorme tête, comme si elle cherchait quelqu'un qui lui expliquerait pourquoi on la maltraitait ainsi.

« Comment allez-vous l'amener jusqu'à l'hôtel ? demanda l'homme ventripotent.

— On va la traîner sur la plage avec la corde, répondit le pêcheur. Le personnel arrivera bientôt pour la prendre. On a besoin de dix hommes qui tirent tous en même temps.

— Hé ! écoutez ! s'écria un jeune homme musclé. Pourquoi ne pas la tirer nous-mêmes ? »

Le jeune homme musclé était poitrine nue et il portait des bermudas vert pomme et cramoisi. Il avait un torse exceptionnellement velu, et de toute évidence, il aimait le montrer.

« Qui ose dire qu'on ne veut pas travailler pour gagner notre dîner ? cria-t-il en bombant les muscles. Allez, les gars ! Qui vient faire un peu d'exercice ?

— Formidable ! hurlèrent les autres. Excellente idée ! »

Les hommes tendirent leurs verres à leurs femmes et s'élancèrent pour saisir la corde. Ils se mirent à la queue leu leu, comme pour une lutte de traction, et l'homme au torse velu, placé en tête, se nomma lui-même chef d'équipe.

« Allez-y, les gars ! braille-t-il. Quand je dis *Ho hisse,* vous soulevez tous à la fois, compris ? »

Le pêcheur n'appréciait pas beaucoup cela.

« Il vaut mieux laisser ce travail à l'hôtel, dit-il.

— Balivernes ! hurla Torse velu. *Ho hisse,* les gars ! *Ho hisse !* »

Tous soulevèrent. La tortue géante s'agita sur son dos et faillit basculer.

« Ne la renversez pas ! hurla le pêcheur. Vous allez la renverser, si vous faites ça ! Et si elle se remet sur ses pattes, elle va s'enfuir !

— Du calme, mon petit gars, dit Torse velu d'un ton condescendant. Comment pourrait-elle fuir ? Elle est attachée à une corde, non ?

— Cette vieille tortue vous entraînera tous avec elle, si elle peut ! cria le pêcheur. Elle vous entraînera tous dans l'Océan !

— *Ho hisse !* hurla Torse velu, sans plus faire attention au pêcheur. Tirez, les gars ! Tirez ! »

Alors la tortue géante se mit à glisser très doucement le long de la plage, en direction de l'hôtel, vers les cuisines, là où l'attendaient les longs couteaux. La troupe des femmes, des plus âgés, des plus gros et des moins musclés suivait derrière, en les encourageant bruyamment.

« *Ho hisse !* vociférait le chef d'équipe au torse velu. Du cran, les gars ! Vous pouvez tirer plus que ça ! »

Soudain, j'entendis des cris. Tout le monde les entendit. Ils étaient si aigus, si stridents, si pressants, qu'on les aurait entendus de n'importe où.

« *Noon ! Noon !* Non ! Non ! Non !... »

La foule se figea. Les hommes qui tiraient sur la corde s'arrêtèrent et les spectateurs cessèrent leurs encouragements. Toutes les personnes présentes se retournèrent vers l'endroit d'où provenaient ces cris.

Je vis venir trois personnes de l'hôtel, un homme, une femme et un petit garçon. Le petit garçon courait et entraînait l'homme sur la plage. L'homme le retenait par le poignet mais l'enfant courait toujours. En même temps, il sautait, gigotait et se débattait pour se libérer de l'étreinte de son père. C'était ce petit garçon qui criait.

« Non ! hurlait-il. Ne faites pas ça ! Libérez-la ! S'il vous plaît, libérez-la ! »

La femme — sa mère — essayait de lui attraper l'autre bras pour le retenir, elle aussi, mais le petit garçon sautait tellement qu'elle n'y arrivait pas.

« Libérez-la ! hurlait l'enfant. C'est horrible, ce que vous faites ! S'il vous plaît, libérez-la !

— Arrête, David ! dit sa mère qui essayait toujours de lui attraper l'autre bras. Ne joue pas le bébé ! Tu te rends ridicule.

— Papa ! cria l'enfant. Papa ! Dis-leur de la libérer !

— Je ne peux pas faire ça, David, dit le père. Ça ne me regarde pas. »

Les tireurs de corde s'étaient immobilisés, sans lâcher prise. Stupéfaits, silencieux, ils fixaient l'enfant. Ils se sentaient tous un peu désorientés maintenant. Ils avaient l'air légèrement confus des gens qu'on vient de surprendre en train d'accomplir un acte pas très reluisant.

« Allons, viens, David, dit le père en tâchant d'entraîner son fils. Rentrons à l'hôtel et laissons ces personnes tranquilles.

— Je ne veux pas rentrer ! fit l'enfant. Je ne veux pas rentrer ! Je veux qu'ils la libèrent !

— Voyons, David, dit la mère.

— File, moutard, dit l'homme au torse velu.

— Vous êtes horrible et cruel ! Vous êtes tous horribles et cruels ! »

Il jeta ces mots d'une voix aiguë et stridente aux quarante ou cinquante adultes qui étaient sur la plage, et cette fois-ci, personne, pas même l'homme au torse velu, ne lui répondit.

« Pourquoi ne la remettez-vous pas à la mer ? hurlait l'enfant. Elle ne vous a rien fait ! Libérez-la ! »

Quoique gêné, le père n'avait pas honte de son fils.

« Il raffole des animaux, dit-il en s'adressant à la foule. A la maison, il a tous les animaux possibles et imaginables. Il leur parle.

— Il les adore », dit la mère.

Plusieurs personnes commencèrent à piétiner sur le sable. Ici et là, dans la foule, on pouvait sentir un léger changement d'humeur, un sentiment de malaise et même un peu de honte. L'enfant, qui n'avait pas plus de huit ou neuf ans, avait maintenant arrêté de lutter contre son père qui le tenait toujours par le poignet, mais plus doucement.

« Allez ! criait l'enfant. Libérez-la ! Détachez la corde et libérez-la ! »

Il faisait face à la foule du haut de sa petite taille, les yeux brillants comme des étoiles, et les cheveux ébouriffés par le vent. Il était magnifique.

« Nous ne pouvons rien faire, David, dit doucement le père. Rentrons.

— Non ! » cria l'enfant.

Il se secoua et libéra son poignet de l'étreinte de son père.

Il fila comme une flèche sur le sable, vers la tortue géante.

« David ! hurla le père en se jetant à sa poursuite. Arrête ! Reviens ! »

Le petit garçon s'échappa et fendit la foule comme un joueur de football qui court avec son ballon, et la seule personne qui s'élança pour essayer de l'arrêter fut le pêcheur.

« Ne t'approche pas de cette tortue, mon garçon ! » cria-t-il en se précipitant vers l'enfant.

Mais celui-ci l'évita et continua à courir.

« Elle va te broyer en petits morceaux ! hurla le pêcheur. Arrête, mon garçon ! Arrête ! »

Trop tard. L'enfant était arrivé à la hauteur de la tête de l'animal. La tortue l'aperçut et l'énorme tête se tourna vivement pour lui faire face.

Alors s'éleva la voix de la mère, son gémissement douloureux et poignant.

« David ! *Oh, David !* »

Le petit garçon tomba à genoux sur le sable, jeta ses bras autour du vieux cou ridé et serra l'animal contre sa poitrine. Il appuya sa joue contre la tête de la tortue et du bout des lèvres, il lui murmura des mots tendres que personne n'entendit. La tortue ne bougeait absolument pas et ses nageoires cessèrent même de battre l'air.

La foule poussa un grand soupir, un long et doux

soupir de soulagement. Plusieurs personnes reculèrent d'un pas ou deux, comme pour essayer de mettre à distance un événement qui dépassait leur entendement. Mais le père et la mère s'avancèrent à environ dix *pieds* de leur fils.

« Papa ! cria le petit garçon en caressant toujours la vieille tête brune, je t'en prie, fais quelque chose, papa ! S'il te plaît, dis-leur de la libérer !

— Que se passe-t-il ? » demanda un homme vêtu d'un costume blanc qui venait de descendre de l'hôtel.

Il s'agissait, tout le monde le savait, de Mr. Edwards, le directeur. C'était un grand Anglais au nez crochu, avec une longue figure rose.

« Extraordinaire ! dit-il en regardant l'enfant et la tortue. Quelle chance qu'elle ne lui ait pas arraché la tête ! »

Il dit à l'enfant :

« Eloigne-toi, maintenant, petit. Cette bête est dangereuse.

— Je veux qu'ils la libèrent ! cria le petit garçon en berçant toujours la tortue contre lui. Dites-leur de la libérer !

— Est-ce que vous vous rendez compte qu'elle peut le tuer à tout moment ? dit le directeur au père.

— Laissez-le tranquille, dit le père.

— Quelle idiotie ! dit le directeur. Allez vite l'attraper ! Et soyez prudent !

— Non, dit le père.

— Comment, non ? fit le directeur. Mais ces bêtes peuvent tuer quelqu'un ! Vous ne comprenez pas ?

— Si, répondit le père.

— Alors, pour l'amour du ciel, emmenez-le ! s'écria le directeur. Si vous ne l'emmenez pas, ça va être affreux.

— A qui est-elle ? demanda le père. A qui est cette tortue ?

— A nous, dit le directeur. L'hôtel l'a achetée.

— Rendez-moi un service, dit le père. Vendez-la-moi. »

Le directeur regarda le père sans répondre.

« Vous ne connaissez pas mon fils, dit le père d'une voix tranquille. Si vous emmenez cette tortue à l'hôtel et si vous la tuez, il piquera une crise, il deviendra fou.

— Attrapez-le, dit le directeur, et en vitesse.

— Il adore les animaux, continua le père. Vraiment, il les adore. Il communique avec eux. »

La foule se taisait, comme hypnotisée.

« Si on la libère, dit le directeur, les pêcheurs l'attraperont une autre fois.

— Peut-être, dit le père. Mais ces tortues savent nager.

— Bien sûr qu'elles savent nager, dit le directeur. Mais on l'attrapera quand même. C'est une prise de valeur, mettez-vous ça dans la tête. La carapace à elle seule vaut une fortune.

— Peu m'importe le prix, dit le père. Ne vous en inquiétez pas. Je veux l'acheter. »

Le petit garçon était toujours agenouillé sur le sable, à côté de la tortue, lui caressant la tête.

Le directeur prit un mouchoir dans sa pochette et il se mit à s'essuyer les doigts. Cela ne l'emballait pas de relâcher la tortue. Le menu du dîner était déjà fixé. D'un autre côté, il ne voulait pas qu'il arrive une deuxième catastrophe sur sa plage privée, cette saison. Mr. Wasserman et la noix de coco, pensait-il, cela suffit pour l'année, merci bien.

« Mr. Edwards, dit le père, vous me rendrez un très grand service si vous me la vendez. Et vous ne le regretterez pas, je vous le promets. Vous verrez. »

Le directeur leva légèrement les sourcils. Il avait compris : on lui offrait une grosse somme d'argent. Voilà qui changeait le problème. Il continua quelques secondes à s'essuyer les mains avec son mouchoir. Puis il haussa les épaules et dit :

« Bien, si ça peut faire plaisir à votre fils.

— Merci, dit le père.

— Oh, merci ! s'écria la mère. Merci beaucoup !

— Willy ! » fit le directeur en faisant signe au pêcheur.

Celui-ci s'approcha. Il semblait complètement éberlué.

« Je n'ai jamais vu ça de ma vie, dit-il. Cette vieille tortue est la plus féroce que j'aie jamais attrapée. Elle s'est battue comme une diablesse quand nous l'avons ramenée. Il a fallu qu'on se mette à six pour la décharger. Ce petit est cinglé !

— Oui, je sais, dit le directeur. Mais maintenant, je veux que tu la libères.

— La libérer ? s'écria le pêcheur, médusé. Pas celle-ci, Mr. Edwards ! Elle bat tous les records ! C'est la plus grosse tortue que j'aie attrapée sur cette île ! De loin la plus grosse ! Et l'argent ?

— Tu auras ton argent.

— Je veux que les autres aussi soient payés », dit le pêcheur.

Il désignait cinq Noirs à moitié nus, à côté d'une seconde barque, à quelques centaines de *yards,* au bord de l'eau.

« On l'a eue à nous six, il faut qu'on soit tous payés, continua le pêcheur. Je ne la libère pas tant qu'on n'a pas l'argent.

— Je te garantis que vous l'aurez, dit le directeur. Ça ne te suffit pas ?

— Je le confirme, ajouta le père de l'enfant en s'avançant. Et en plus, il y aura une prime pour les six pêcheurs si vous la libérez tout de suite. Et quand je dis tout de suite, ça veut dire tout de suite. »

Le pêcheur regarda le père, puis le directeur.

« O.K., dit-il, puisque c'est ce que vous voulez.

— Une autre condition, dit le père. Avant de toucher votre argent, vous devez promettre de ne pas essayer de l'attraper aussitôt. En tout cas, pas cet après-midi. C'est bien compris ?

— D'accord, dit le pêcheur. Marché conclu. »

Il fit demi-tour et descendit la plage, en appelant les cinq autres pêcheurs. Il leur hurla quelque chose que nous ne pûmes comprendre, et deux minutes plus tard, ils arrivaient tous les six. Cinq transportaient de longues et larges perches en bois.

L'enfant était toujours agenouillé près de la tête de la tortue.

« David, lui dit doucement son père. Tout va bien, à présent, David. Ils vont la libérer. »

Le petit garçon regarda autour de lui, sans enlever les bras du cou de la tortue. Il ne se leva pas.

« Quand ? demanda-t-il.

— Maintenant, répondit le père. Tout de suite. Il vaut mieux que tu t'éloignes.

— Tu me le promets ? dit l'enfant.

— Oui, David. Je te le promets. »

L'enfant enleva ses bras. Il se remit debout et recula de quelques pas.

« Reculez ! hurla le pêcheur. Restez bien en arrière, s'il vous plaît ! »

La foule se dégagea un peu sur la plage. Les hommes lâchèrent la corde et reculèrent.

Willy se mit à quatre pattes et se glissa prudemment à côté de la tortue. Puis il commença à défaire le nœud de la corde, tout en prenant garde aux grosses nageoires.

Lorsqu'il eut détaché le nœud, Willy s'écarta, toujours à quatre pattes. Alors, les cinq autres pêcheurs s'avancèrent avec leurs perches. Ces perches avaient environ sept *pieds* de long et elles étaient extrêmement larges. Ils les calèrent sous la carapace de la tortue et se mirent à balancer l'énorme bête d'un côté, de l'autre. La carapace avait un dôme élevé, d'une forme qui facilitait le mouvement.

« Une, deux ! scandaient les pêcheurs tout en la balançant. Une, deux ! Une, deux ! Une, deux ! »

Bien entendu, la vieille tortue était complètement affolée. Ses grosses nageoires fouettaient l'air, et sa tête n'arrêtait pas de rentrer et de surgir de sa carapace.

« Elle va basculer ! scandaient les pêcheurs. Une, deux et hop ! Elle va basculer ! Une autre fois et ça y est ! »

La tortue bascula sur le côté et retomba pesamment sur ses pattes, dans le sable.

Elle ne s'en alla pas tout de suite. L'énorme tête brune surgit de la carapace pour regarder bien autour d'elle.

« Allons, tortue, vas-y ! cria le petit garçon. Retourne à la mer ! »

La tortue leva ses yeux noirs et enfoncés sur le petit garçon. Ses yeux étaient brillants, vifs, pleins de la sagesse que donne le grand âge. L'enfant lui rendit son regard et, lorsqu'il lui parla, ce fut d'une voix douce et amicale :

« Au revoir, ma vieille, dit-il. Et cette fois, va très loin. »

Les yeux noirs restèrent fixés sur l'enfant pendant quelques secondes. Personne ne bougeait. Puis, avec une grande dignité, l'énorme bête se retourna et se dirigea vers le bord de l'eau en se dandinant, sans se presser. Elle traversa posément la plage de sable et sa grosse carapace se balançait doucement.

La foule regardait en silence.

La tortue entra dans l'eau.

Elle continua d'avancer.

Bientôt, elle nageait. Maintenant, elle se trouvait dans son élément. Elle nageait avec grâce, et très vite, la tête bien haute. Dans la mer calme, elle faisait de petites vagues qui s'étalaient en éventail derrière elle, comme le sillage d'un bateau. En quelques minutes, elle avait effectué la moitié du chemin qui la séparait de l'horizon, puis nous la perdîmes de vue.

Subjugués, les clients commencèrent à se disperser vers l'hôtel. A présent, ils ne songeaient plus à rire, à plaisanter, ni à railler. Il s'était passé quelque chose. Un événement étrange s'était produit sur la plage.

Je retournai à mon balcon et m'assis en fumant une cigarette. J'avais l'impression désagréable que l'histoire n'était pas terminée.

Le lendemain matin, à 8 heures, la jeune Jamaïquaine qui m'avait raconté l'accident de Mr. Wasserman avec la noix de coco m'apporta un jus d'orange dans ma chambre.

« L'hôtel est sens dessus dessous, ce matin ! » dit-elle.

Elle posa le verre sur la table puis tira les rideaux.

« Les gens courent partout comme des fous.

— Pourquoi ? Que s'est-il passé ?

— Le petit garçon de la chambre 12 ! Il a disparu ! Il a disparu cette nuit !

— L'enfant à la tortue ?

— Oui, dit-elle. Ses parents sont désespérés ! Le directeur est comme fou !

— Il y a longtemps qu'il a disparu ?

— Son père a trouvé son lit vide il y a deux heures. Mais il est peut-être parti n'importe quand dans la nuit.

— Oui, dis-je. Peut-être.

— Tout le monde le cherche partout, à l'hôtel, dit-elle. Et une voiture de police vient d'arriver.

— Peut-être que tout simplement il s'est levé tôt pour grimper sur les rochers », dis-je.

Ses grands yeux sombres et hallucinés restèrent un moment fixés sur moi puis se détournèrent.

« Je ne crois pas », dit-elle et elle sortit.

Je m'habillai rapidement et me précipitai sur la plage.

Là, avec Mr. Edwards, le directeur, se trouvaient deux policiers indigènes en uniforme kaki. Mr. Edwards parlait, et les policiers l'écoutaient patiemment. Au loin, aux deux bouts de la plage, je voyais de petits groupes de gens, des serviteurs de l'hôtel ainsi que des clients qui se dirigeaient vers les rochers. C'était un matin magnifique. Le soleil brillait haut dans le ciel bleu gris émaillé de jaune et la mer calme scintillait comme un diamant. Quant à Mr. Edwards, il parlait d'une voix forte aux deux policiers indigènes, tout en agitant les bras.

Je voulais aider. Que faire ? Où aller ? Cela ne rimerait à rien de suivre simplement les autres. Aussi, je marchai vers Mr. Edwards.

C'est alors que j'aperçus le bateau de pêche. Le long canoë de bois, avec un seul mât et une voile brune claquant au vent, était encore loin, mais il retournait vers la plage. Chacun à un bout du canoë, deux indigènes ramaient vite, très vite. Les rames tournoyaient avec une telle rapidité qu'on aurait dit qu'ils faisaient la course. Je m'arrêtai pour les observer. Pourquoi cette précipitation à regagner le rivage ? De toute évidence, ils ramenaient une nouvelle. Je gardais les yeux fixés sur le bateau. A ma gauche, j'entendais Mr. Edwards dire aux deux policiers :

« C'est parfaitement ridicule. Les gens ne peuvent pas disparaître comme ça d'un hôtel. Soit il est allé quelque part et il s'est perdu, soit on l'a kidnappé. Dans tous les cas, cela relève de la police. »

Le bateau de pêche avait fini sa course. Il glissa sur le sable, au bord de l'eau. Les deux hommes lâchèrent les rames et bondirent à terre. Ils remontèrent la plage en courant. Je reconnus celui de devant, c'était Willy. Lorsqu'il aperçut le directeur et les deux policiers, il s'élança vers eux.

« Hé ! Mr. Edwards ! cria-t-il. On vient de voir un truc dingue ! »

Le directeur se raidit et redressa le menton. Les deux policiers restèrent impassibles. Des gens surexcités, ils en voyaient tous les jours.

Willy s'arrêta devant le groupe, le souffle court. L'autre pêcheur le suivait de près. Tous deux étaient seulement vêtus d'un pagne et leurs peaux noires luisaient de sueur.

« On a ramé vite, dit Willy comme pour s'excuser d'être essoufflé. On s'est dit qu'il fallait rentrer pour vous en parler aussi tôt que possible.

— Me parler de quoi ? demanda le directeur. Qu'avez-vous vu ?

— C'est dingue, monsieur. Absolument dingue.

— Continue, Willy, je t'en prie.

— Vous ne le croirez pas, dit Willy. Personne ne le croira. Pas vrai, Tom ?

— C'est vrai, répondit l'autre pêcheur en hochant vigoureusement la tête. S'il n'y avait pas eu Willy pour me dire que je ne me trompais pas, je n'y aurais pas cru.

— Cru quoi ? dit Mr. Edwards. Allez, dites-moi ce que vous avez vu.

— On est parti de bonne heure, dit Willy, vers les 4 heures du matin. On avait fait sans doute deux *miles* quand il a commencé à faire jour. On pouvait voir à peu près normalement. Soudain, au lever du soleil, on voit quelque chose devant nous, à cinquante *yards,* pas plus. On n'en croyait pas nos yeux.

— Quoi ? aboya Mr. Edwards. Pour l'amour du ciel, continue !

— On voit ce vieux monstre, cette tortue, celle qui était sur la plage, hier, en train de nager et on voit le petit garçon assis sur son dos, comme sur un cheval.

— Vous devez nous croire, monsieur ! cria l'autre pêcheur. Moi aussi, je l'ai vu ! Vous devez le croire ! »

Mr. Edwards regarda les deux policiers. Les deux policiers regardèrent les pêcheurs.

« Vous ne nous montez pas le coup, hein ? dit l'un des policiers.

— Je vous jure que non ! cria Willy. C'est la vérité vraie ! Le petit garçon était sur le dos de la vieille tortue et ses pieds ne touchaient même pas l'eau. Il était sec comme un os de seiche, et assis bien tranquille, à l'aise et tout ! Alors, on les a poursuivis, bien sûr. D'abord, on a essayé de les suivre doucement, comme on fait toujours quand on attrape une tortue, mais le garçon nous a vus. Cette fois, on était pas très loin, vous savez. A peu près comme d'ici au bord de l'eau, pas plus. Mais quand le garçon nous a vus, il s'est penché en avant comme s'il disait quelque chose à la vieille tortue et elle a relevé la tête et elle s'est mise à nager à une vitesse infernale. Oh là là, qu'est-ce qu'elle filait ! Tom et moi, quand on veut, on rame vite, mais contre ce monstre, rien à faire ! Rien à faire ! Elle allait au moins deux fois plus vite que nous. Largement deux fois plus vite, hein, Tom ?

— Moi, je dirai trois fois plus vite, fit Tom. Et j'ai une bonne raison pour ça. En dix ou quinze minutes, elle avait un *mile* d'avance.

— Pourquoi n'avez-vous pas appelé l'enfant ? demanda le directeur. Pourquoi ne lui avez-vous pas parlé quand vous étiez près de lui ?

— On l'a appelé tout le temps ! s'écria Willy. Dès qu'on a commencé à le poursuivre, il nous a vus et on s'est mis à hurler. On a hurlé n'importe quoi pour le faire revenir. " Hé, petit ! que j'ai crié, rentre avec nous ! On te ramène ! C'est pas bien, ce que tu fais, petit ! Saute, nage, et on te cueillera ! Allez, petit, saute ! Ta maman t'attend à la maison, alors pourquoi tu viens pas avec nous ? " Même une fois, j'ai crié : " Ecoute, petit ! On te promet quelque chose ! On n'attrapera pas cette satanée tortue si tu viens avec nous ! "

— Est-ce qu'il vous a répondu ? demanda le directeur.

— Il ne s'est même pas retourné pour nous regarder, dit Willy. Il était assis sur cette carapace et il se balançait d'avant en arrière, on aurait dit qu'il pressait la tortue d'accélérer ! Si quelqu'un ne va pas vite chercher ce petit garçon, Mr. Edwards, on ne le reverra plus ! »

La figure du directeur, rose en temps normal, était devenue blanche comme un linge.

« Dans quelle direction allaient-ils ? demanda-t-il sèchement.

— Vers le nord, répondit Willy. Presque droit vers le nord.

— Parfait, dit le directeur. On prend un hors-bord. Je veux que tu viennes avec nous, Willy, et toi aussi, Tom. »

Le directeur, les deux policiers et les deux pêcheurs coururent vers le bateau que l'on utilisait pour faire du ski nautique. Ils le poussèrent vers la mer et le directeur, comme les autres, se mit dans l'eau jusqu'aux genoux avec ses pantalons blancs bien empesés. Puis tous montèrent à bord.

Je les vis partir en trombe.

Deux heures plus tard, je les vis revenir. Ils n'avaient rien trouvé.

Duraot toute la journée, les hors-bord et les yachts de pêche des autres hôtels en bordure de la côte fouillèrent l'Océan.

Dans l'après-midi, le père de l'enfant loua un hélicoptère et y monta lui-même. Le vol dura trois heures. On ne trouva aucune trace de la tortue, ni du petit garçon.

Pendant la semaine, les recherches continuèrent, sans résultat.

Et maintenant, une année s'est presque écoulée depuis la disparition de ce petit garçon. Au cours de cette année, il n'y a eu qu'une seule nouvelle le concernant. Un groupe d'Américains, partis de Nassau dans les Bahamas, pêchaient en pleine mer au large d'une grande île du nom d'Eleuthéra. A cet endroit-là, il y a des milliers de récifs de corail et de petites îles inhabitées. Sur l'une de ces îles minuscules, le capitaine du yacht vit, à travers ses jumelles, une petite silhouette. Cette petite silhouette marchait sur une plage de sable. Les jumelles circulèrent et tous furent d'accord : il s'agissait d'un enfant. Evidemment, cela provoqua une grande agitation à bord et on remonta vite les lignes de pêche. Le capitaine dirigea son yacht sur l'île. Lorsqu'ils ne furent plus qu'à un demi-*mile,* ils virent nettement, toujours avec les jumelles, que la silhouette de la plage était celle d'un petit garçon qui, quoique bronzé, était certainement de race blanche. A ce moment-là, les passagers du yacht repérèrent également quelque chose qui ressemblait à une tortue géante, sur le sable, près de l'enfant. Ce qui suivit se passa très vite. L'enfant, qui avait probablement aperçu le yacht, sauta sur le dos de la tortue. L'énorme bête entra dans l'eau et fit le tour de l'île à toute allure, puis disparut. Le yacht les chercha pendant deux heures, mais on ne revit plus, ni le petit garçon ni la tortue.

Il n'y a aucune raison de mettre ce témoignage en doute. Cinq personnes, quatre passagers américains et le capitaine, un habitant de Nassau, étaient à bord du yacht. Chacune, à son tour, avait bien vu l'enfant et la tortue.

Pour rejoindre l'île d'Eleuthéra, par mer, en partant de la Jamaïque, on doit d'abord aller au nord-est pendant deux cent cinquante *miles* puis traverser le Passage-du-Vent, entre Cuba et Haïti. Puis on doit aller nord-nord-est pendant au moins trois cents *miles*. Cela fait en tout une distance de cinq cent cinquante *miles,* ce qui est un très long voyage pour un petit garçon à cheval sur une tortue.

Peut-être reviendra-t-il un jour mais, personnellement, cela m'étonnerait. Je crois qu'il est très heureux là où il est.

L'auto-stoppeur

J'avais acheté une nouvelle voiture. C'était un magnifique jouet, une grosse B.M. 3,3 Li, c'est-à-dire une 2 cylindre 3 litres 3, de grand empattement, avec moteur à injection directe. Sa vitesse maximale était de 129 *miles* à l'heure et elle avait des accélérations fantastiques. Elle était bleu pâle avec des sièges bleu foncé en cuir, en vrai cuir moelleux, de la meilleure qualité. Les fenêtres, comme le toit, s'ouvraient électriquement. L'antenne surgissait quand j'allumais la radio et disparaissait quand je l'éteignais. Le puissant moteur grondait et vrombissait d'impatience lorsque je roulais doucement, mais à partir de 60 *miles* à l'heure, le grondement cessait et le moteur se mettait à ronronner de plaisir.

Par une belle journée de juin, j'allais à Londres, seul. Dans les champs, on faisait les foins et des boutons d'or parsemaient les bords de la route. Je roulais à 70, en sifflotant, confortablement installé dans mon siège, conduisant rien qu'avec deux doigts. Devant moi, j'aperçus un homme qui faisait du stop. J'appuyai sur le frein et m'arrêtai à côté de lui. Je m'arrête toujours pour prendre les auto-stoppeurs. Je sais quelle impression cela fait d'être au bord d'une route, en regardant passer les voitures. Je détestais les conducteurs qui feignaient de ne pas me voir, surtout ceux qui avaient de grosses voitures avec trois sièges vides. Les grosses voitures luxueuses s'arrêtaient rarement. C'étaient toujours les petites qui vous invitaient à monter, ou bien les vieilles toutes rouillées, ou alors celles déjà bourrées d'enfants où le conducteur vous disait :

« On se serrera un petit peu ! »

L'auto-stoppeur passa la tête par la fenêtre ouverte et me dit :

« Eh, l'aristo, vous allez à Londres ?

— Oui, dis-je. Montez. »

Il monta et je redémarrai.

C'était un petit homme à la face de rongeur et aux dents grises. Il avait des yeux sombres, vifs et malins comme ceux d'un rat et des oreilles légèrement pointues. Il portait une casquette en toile et une veste grisâtre avec d'énormes poches. La veste grise, les yeux malins et les oreilles pointues, tout cela le faisait ressembler à un gigantesque rat humain.

« A quel endroit de Londres allez-vous ? lui demandai-je.

— Je traverse Londres et je ressors par l'autre bout, répondit-il. Je vais à Epson, pour les courses. Aujourd'hui, c'est le Derby.

— Ah, bon, dis-je. J'aimerais bien venir avec vous. J'adore jouer aux courses.

— Je joue jamais aux courses, dit-il. Je les regarde jamais. C'est complètement idiot.

— Alors, pourquoi y allez-vous ? » demandai-je.

Ma question ne sembla pas lui plaire. Sa petite face de rat perdit absolument toute expression et il se contenta de fixer la route, devant lui, sans répondre.

« Vous aidez à faire marcher les machines à paris ou un truc comme ça ? dis-je.

— Encore plus idiot, répondit-il. C'est pas marrant de faire marcher leurs sacrées machines, et de vendre des tickets à des gogos. N'importe quel imbécile peut faire ça. »

Il y eut un long silence. Je décidai de ne plus lui

poser de question. Je me rappelais combien cela m'irritait, du temps où je faisais du stop, lorsque les conducteurs me mitraillaient de questions : Où allez-vous ? Pourquoi y allez-vous ? Quelle est votre profession ? Etes-vous marié ? Etes-vous fiancé ? Comment s'appelle-t-elle ? Quel âge avez-vous ? Etc. Je détestais cela.

« Excusez-moi, lui dis-je. Ce que vous faites ne me regarde pas, mais je suis écrivain et, en général, les écrivains sont terriblement fouineurs.

— Vous écrivez des bouquins ? demanda-t-il.

— Oui.

— Chapeau ! fit-il. Ça, c'est un boulot intelligent ! Moi aussi, je fais un boulot intelligent. Ceux que je méprise, c'est les gens qui passent leur vie à faire toujours le même boulot idiot. Vous voyez de quoi je parle ?

— Oui.

— Le secret dans la vie, dit-il, c'est de devenir très très bon dans quelque chose de très très difficile.

— Comme vous, dis-je.

— Exactement. Comme vous et moi.

— Qu'est-ce qui vous fait penser que je suis un bon écrivain ? demandai-je. Il y a un nombre effrayant de mauvais écrivains.

— Vous conduiriez pas cette bagnole si vous écriviez pas bien, répondit-il. Ça a dû coûter un joli paquet, ce petit joujou !

— Ce n'était pas donné.

— Elle monte jusqu'à combien ? demanda-t-il.

— Cent vingt-neuf *miles* à l'heure, répliquai-je.

— Je vous parie que non.

— Je vous parie que si.

— Tous les fabricants de bagnoles sont des menteurs. Quand vous achetez une bagnole, c'est jamais ce qu'on vous a promis dans la publicité.

— Celle-là, si.

— Alors, prouvez-le. Allez, l'aristo, montrez-moi ce qu'elle peut faire. »

Après le carrefour de Chalfont St. Peter, il y a une longue portion en ligne droite de route à double voie. Après le carrefour, je pris la route à double voie et appuyai fort sur l'accélérateur. La grosse voiture bondit en avant comme si une guêpe l'avait piquée. En dix secondes, nous faisions du quatre-vingt-dix.

« Magnifique ! s'écria-t-il. Splendide ! Continuez ! »

Mon pied plaquait l'accélérateur.

« Cent ! hurla-t-il... Cent cinq !... Cent dix !... Cent quinze !... Allez ! Ralentissez pas ! »

Sur la voie de gauche, nous passâmes à toute allure devant plusieurs voitures qui semblaient ne pas avancer, une Mini verte, une grosse Citroën de couleur crème, une Land Rover blanche, un énorme camion, une Volkswagen Minibus orange...

« Cent vingt ! cria mon passager. Continuez ! Continuez ! Montez jusqu'à cent vingt-neuf ! »

A ce moment précis, j'entendis une sirène de police. Elle hurlait si fort qu'on aurait cru qu'elle se trouvait dans la voiture. Un motard surgit alors à nos côtés, sur la voie de droite, il nous dépassa et leva le bras pour nous ordonner d'arrêter.

« Oh, mon Dieu ! dis-je. Quelle tuile ! »

Le motard devait rouler à cent trente en nous dépassant et il mit longtemps pour ralentir. Finalement, il s'arrêta sur le bas-côté de la route et je m'arrêtai derrière lui.

« Je ne savais pas que les motos de la police roulaient aussi vite, dis-je, un peu confus.

— Celle-là, oui, dit mon passager. C'est la même marque que la vôtre, une B.M.W. R 90S. La moto la plus rapide. C'est ce qu'ils utilisent, maintenant. »

Le policier descendit de sa moto qu'il cala sur sa béquille. Puis il enleva ses gants et les plaça sur le siège. A présent, qu'il nous tenait, il prenait tout son temps.

« Des ennuis en perspective, dis-je. Ça ne me plaît pas du tout.

— Ne lui parlez pas trop, dit mon compagnon. Restez tranquille et bouclez-la. »

Comme un bourreau avançant vers sa victime, le policier avançait lentement vers nous. C'était un grand gaillard à gros ventre, avec d'énormes cuisses moulées dans des pantalons bleus. Il avait remonté ses lunettes sur son casque et on voyait sa face aux joues larges, rouge de colère contenue.

Nous l'attendions, comme des écoliers pris en faute.

« Regardez-le, chuchota mon passager, il a l'air mauvais comme une teigne. »

Le policier s'approcha de ma fenêtre et posa sa grosse patte sur le rebord.

« On est pressé ? dit-il.

— Non, brigadier, je ne suis pas pressé, répondis-je.

— Votre femme est en train d'accoucher à l'arrière et vous foncez vers l'hôpital ? C'est ça ?

— Non, brigadier.

— Votre maison est en feu et vous courez sauver votre famille ? »

Sa voix était dangereusement douce et moqueuse.

« Non plus, brigadier.

— Dans ce cas-là, dit-il, vous vous êtes mis dans un joli pétrin. Vous savez quelle est la vitesse limite, dans ce pays ?

— Soixante-dix, dis-je.

— Et pouvez-vous me dire exactement à combien vous rouliez ? »

Je haussai les épaules, sans répondre.

Lorsqu'il reprit la parole, il cria si fort que je sursautai.

« Vous rouliez à *cent vingt miles !* aboya-t-il. Ça fait *cinquante de trop !* »

Il détourna la tête et lança un crachat qui atterrit sur l'aile de ma voiture et se mit à dégouliner tout le long de ma belle carrosserie bleue. Puis il se retourna vers nous et fixa durement mon passager.

« Et vous, qui êtes-vous ? lui demanda-t-il sèchement.

— C'est un auto-stoppeur, dis-je. Je l'ai pris en route.

— Je ne vous ai rien demandé, dit-il. C'est à lui que je parlai.

— J'ai fait quelque chose de mal ? » demanda mon passager.

Sa voix était douce et onctueuse comme de la gomina.

« Ça ne m'étonnerait pas, répliqua le policier. En tout cas, vous êtes témoin. Je m'occupe de vous dans une minute. »

Il tendit la main et ordonna :

« Votre permis. »

Je le lui donnai.

Il déboutonna la poche gauche de son blouson et en sortit le diabolique carnet des contraventions. Il recopia soigneusement mon nom et mon adresse, qui étaient inscrits sur mon permis qu'il me rendit ensuite. Il s'avança tranquillement à l'avant de la voiture, regarda le numéro sur la plaque minéralogique et le nota également. Ensuite, il arracha l'original de la contravention, mais avant de me le tendre, il vérifia que tous les renseignements étaient bien lisibles sur le double. Finalement, il replaça le livre dans la poche de son blouson et se reboutonna.

« A vous ! » dit-il à mon passager.

Il s'approcha de l'autre portière et sortit un petit carnet noir de sa poche droite.

« Votre nom ? aboya-t-il.

— Michael Fish, répondit mon passager.

— Votre adresse ?

— Quatorze, Windsor Lane, Luton.

— Montrez-moi quelque chose prouvant que ce sont vraiment votre nom et votre adresse », dit le policier.

Mon passager piocha dans sa poche et en sortit son permis de conduire. Le policier vérifia son nom et son adresse et le lui rendit.

« Votre profession ? demanda-t-il d'un ton rogue.

— Porteur de hottes.

— Quoi ?

— Porteur de hottes.

— Comment vous écrivez hottes ?

— H-O-T-T-E-S.

— Ça va. Et qu'est-ce que c'est qu'un porteur de hottes, s'il vous plaît ?

— Un porteur de hottes, brigadier, c'est quelqu'un qui monte sur une échelle pour apporter le ciment au maçon. Et la hotte, c'est là où il met le ciment. Ça a une longue anse, et deux bouts de bois sur le dessus...

— Très bien, très bien. Le nom de votre employeur ?

— J'en ai pas. J'suis au chômage. »

Le policier inscrivit tout cela dans son carnet noir. Puis il replaça le carnet dans sa poche et se reboutonna.

« En retournant au commissariat, je vérifierai les renseignements qui vous concernent, dit-il à mon passager.

— Moi ? Qu'est-ce que j'ai fait de mal ? demanda l'homme à face de rat.

— Votre tête ne me revient pas du tout, répondit le policier. D'ailleurs, nous avons peut-être votre photo dans nos fichiers. »

Il fit le tour de la voiture et revint vers moi.

« Vous savez que vous allez avoir des ennuis ? me dit-il.

— Oui, brigadier.

— Quand on aura réglé votre cas, vous ne conduirez plus cette voiture de luxe pendant très longtemps. Et même, vous ne conduirez plus du tout de voiture pendant plusieurs années. Autre bonne nouvelle, j'espère qu'on va vous mettre en prison quelque temps, par-dessus le marché !

— En prison ? demandai-je, alarmé.

— Exactement, dit-il en faisant claquer ses lèvres. En taule. Au frais. En compagnie d'autres criminels qui ont transgressé la loi. Vous aurez une belle peine de prison et je serai rudement content. A bientôt, en cour de justice, vous deux. On vous convoquera vite. »

Il s'éloigna et rejoignit sa moto. Du pied, il remit la béquille en place et balança sa jambe par-dessus la selle. Puis il appuya sur le starter, démarra et disparut.

« Ouf ! soupirai-je. Ça, c'est le bouquet !

— Il nous a eus, dit mon passager. Il nous a bien eus.

— C'est plutôt *moi* qui ai été eu.

— C'est vrai, dit-il. Qu'est-ce que vous allez faire, l'aristo ?

— Je vais aller à Londres parler à mon avocat », dis-je.

Je démarrai et repartai.

« Ne le croyez pas quand il vous dit que vous irez en taule, fit-il. Ils fichent personne en taule pour excès de vitesse.

— Vous en êtes sûr ? demandai-je.

— Sûr et certain, répondit-il. Ils peuvent prendre votre permis, vous donner une belle amende, mais c'est tout. »

Je me sentis terriblement soulagé.

« A propos, dis-je, pourquoi lui avez-vous menti ?

— Qui, moi ? dit-il. Pourquoi vous croyez ça ?

— Vous lui avez dit être porteur de hottes en chô-mage. Mais à moi, vous m'avez dit que vous faisiez un métier drôlement intelligent.

— C'est vrai, dit-il. Mais il vaut mieux ne pas tout avouer à un flic.

— Alors, que faites-vous ? demandai-je.

— Ah, dit-il d'un air sournois. C'est un secret.

— Vous en avez honte ?

— Honte ? s'écria-t-il. Moi, honte de mon boulot ? J'en suis fier comme un roi !

— Alors, pourquoi ne pas m'en parler ?

— Vous, les écrivains, vous êtes vraiment des fouineurs ! dit-il. Je parie que vous serez pas content tant que vous aurez pas trouvé la réponse.

— Oh, ça m'est bien égal », répondis-je en mentant. De ses petits yeux de rat rusé, il me lança un regard en coin.

« Ça m'étonnerait, dit-il. A votre tête, je sais que vous pensez que je fais un boulot très spécial et vous vous raclez la cervelle pour savoir quoi. »

Je n'aimais pas la façon dont il lisait dans mes pensées. Je gardai mon calme et fixai la route devant moi.

« Vous avez raison, poursuivit-il. Je fais un boulot très spécial. Y a des tas de boulots bizarres, mais le mien, c'est le plus bizarre. »

J'attendais la suite.

« Vous comprenez, c'est pour ça que je dois faire sacrément attention à qui je parle. Par exemple, qui me dit que vous êtes pas un flic ?

— J'ai l'air d'un flic ?

— Non, dit-il, vous en avez pas l'air et vous l'êtes pas. N'importe quel crétin s'en apercevrait. »

Il sortit de sa poche une blague à tabac et un paquet de papier à cigarettes puis il se mit à se rouler une cigarette. Je l'observai du coin de l'œil. La vitesse à laquelle il accomplissait cette opération difficile était incroyable. En cinq secondes, la cigarette fut roulée et toute prête. Il promena sa langue sur le papier, le colla et mit la cigarette entre ses lèvres. Alors, surgi d'on ne sait où, un briquet apparut. La cigarette s'alluma, le briquet disparut. L'ensemble de l'opération fut exécuté de façon magistrale.

« Je n'ai jamais vu quelqu'un rouler une cigarette aussi vite, dis-je.

— Ah, dit-il en aspirant une large bouffée. Vous l'avez remarqué.

— Bien sûr, c'était vraiment fantastique. »

Il se cala dans son siège et sourit. Il était ravi que j'aie remarqué cela.

« Vous voulez savoir comment j'y arrive ? demanda-t-il.

— Allez-y.

— C'est parce que j'ai des doigts fantastiques. Mes doigts... »

Il montra ses mains.

« Mes doigts sont plus rapides et plus agiles que les doigts du plus grand pianiste !

— Vous êtes pianiste ?

— Faites pas l'idiot, dit-il. J'ai l'air d'un pianiste ? »

Je regardai ses doigts. Ils étaient si beaux, si longs, si fins, si élégants qu'on aurait dit qu'ils ne lui appartenaient pas. Ils ressemblaient davantage à ceux d'un chirurgien ou à ceux d'un horloger.

« Mon boulot est cent fois plus difficile que de jouer du piano. N'importe quelle andouille peut apprendre à jouer du piano. Maintenant, y a d'affreux petits gosses qui apprennent ça presque partout. Pas vrai ?

— Plus ou moins, dis-je.

— Bien sûr que si. Mais y a pas une personne sur dix millions qui peut apprendre ce que je sais faire. Pas une sur dix millions. Qu'est-ce que vous en dites ?

— Stupéfiant.

— Que oui, que c'est stupéfiant, dit-il.

— Je crois savoir ce que vous faites, dis-je. Vous êtes prestidigitateur.

— Moi ? dit-il avec mépris. Moi, prestidigitateur ?

Vous me voyez aller à ces ridicules fêtes pour gosses et faire sortir des lapins d'un chapeau haut de forme ?

— Alors, vous trichez aux cartes. Vous persuadez des gens de jouer avec vous et vous vous distribuez des jeux fabuleux.

— Moi ? Un vulgaire tricheur ? s'écria-t-il. Quelle misère !

— D'accord, je donne ma langue au chat. »

Je conduisai doucement, maintenant, à moins de quarante *miles,* pour être sûr de ne pas me faire encore arrêter.

Nous étions arrivés sur la route Londres-Oxford et nous descendions la colline qui mène à Dunham.

Soudain, mon passager brandit une ceinture en cuir noir.

« Vous avez déjà vu ça ? » me demanda-t-il.

La ceinture avait une boucle en cuir d'une forme inhabituelle.

« Hé ! dis-je. C'est à moi, non ? C'est à moi ! Où l'avez-vous prise ? »

Il sourit et agita doucement la ceinture.

« Où vous croyez que je l'aie prise ? dit-il. Je l'ai prise à votre pantalon, bien sûr ! »

Je tendis la main pour chercher ma ceinture. Elle avait disparu.

« Vous me l'avez prise pendant que je conduisais ? » demandai-je, éberlué.

Il approuva de la tête, en continuant à me regarder de ses petits yeux noirs de rongeur.

« C'est impossible ! dis-je. Vous auriez dû défaire la boucle et faire glisser la ceinture à travers les coulants. Je vous aurais vu. Et même si je ne vous avais pas vu, je vous aurais senti.

— Ah, mais vous m'avez pas senti, hein ? » dit-il triomphalement.

Il jeta la ceinture sur ses genoux et à présent un lacet marron pendait entre ses doigts.

« Et ça, qu'est-ce que vous en dites ? s'écria-t-il en agitant le lacet.

— Eh bien, quoi ? dis-je.

— Qui a perdu son lacet ? » demanda-t-il en souriant. Je jetai un coup d'œil sur mes souliers. Le lacet de l'un d'eux avait disparu.

« Mon Dieu ! dis-je. Comment avez-vous fait ? Je ne vous ai jamais vu vous baisser.

— Vous m'avez jamais vu rien faire, dit-il fièrement. Vous m'avez même pas vu bouger le petit doigt. Vous savez pourquoi ?

— Oui, dis-je. Parce que vous avez des doigts fantastiques.

— Exactement ! s'écria-t-il. Vous pigez vite, hein ? »

Il s'enfonça dans son siège, aspira la cigarette qu'il s'était préparée lui-même, et rejeta une petite bouffée de fumée contre le pare-brise. Il savait qu'il m'avait énormément impressionné avec ses deux tours et cela le réjouissait.

« J'ai pas envie d'être en retard, dit-il. Quelle heure il est ?

— Il y a l'heure sur le tableau de bord, lui dis-je.

— J'ai pas confiance, dit-il. Quelle heure il est à votre montre, à vous ? »

Je relevai ma manche pour regarder ma montre, à mon poignet. Elle n'y était plus. Je regardai l'homme. Il me fixait en souriant.

« Vous l'avez prise, elle aussi ? » dis-je.

Il tendit la main. Dans sa paume, il y avait la montre.

« Pas mal, comme truc, dit-il. Qualité supérieure. Or dix-huit carats. Facile à écouler, par-dessus le marché. C'est jamais embêtant d'écouler les bons articles.

— J'aimerais que vous me la rendiez, si ça ne vous ennuie pas », dis-je avec mauvaise humeur.

Il replaça la montre soigneusement sur le plateau en cuir qui se trouvait devant lui.

« Je vous faucherai rien, l'aristo, dit-il. Vous êtes mon copain, puisque vous m'avez pris en bagnole.

— Je suis heureux de l'entendre, dis-je.

— Je fais que répondre à votre question, continua-t-il. Vous m'avez demandé quel boulot je faisais, eh bien, je vous montre.

— Qu'est-ce que vous m'avez pris d'autre ? »

Il sourit à nouveau et se mit à sortir de la poche de sa veste, l'un après l'autre, des objets qui m'appartenaient, mon permis de conduire, un porte-clef avec quatre clefs, quelques billets d'une livre, quelques pièces, une lettre de mon éditeur, mon journal, un bout de crayon, un briquet et enfin une magnifique bague, un saphir entouré de perles, qui appartenait à ma femme. J'apportai la bague à un bijoutier de Londres car elle avait perdu l'une des perles.

« Encore un joli morceau, dit-il en retournant la bague entre ses doigts. C'est du XVIIIe siècle, si je me trompe pas, du règne de George III.

— C'est vrai, dis-je, impressionné. C'est absolument vrai. »

Il posa la bague sur le plateau en cuir avec les autres objets.

« Vous êtes donc pickpocket ? dis-je.

— J'aime pas ce mot, répliqua-t-il. C'est grossier et vulgaire. Les pickpockets sont des gens grossiers et vulgaires qui font que des petits boulots d'amateur, sans envergure, comme piquer de l'argent aux vieilles dames aveugles, par exemple.

— Alors, quel nom vous donnez-vous ?

— Moi ? Je suis un maître-de-la-main. Un maître-de-la-main professionnel. ›

Il prononça les mots solennellement, fièrement, comme

s'il m'annonçait qu'il était président du Collège royal de chirurgie de l'archevêché de Canterbury.

« Je n'ai jamais entendu ce mot auparavant, dis-je. Vous l'avez inventé ?

— Bien sûr que non, répondit-il. C'est le nom de ceux qui sont arrivés au plus haut grade, dans la profession. Prenez un maître pâtissier ou un maître horloger, ils sont experts en gâteaux et en horloges. Moi, je suis expert de mes mains, donc je suis maître-de-la-main.

— Ça doit être intéressant, comme travail.

— C'est un boulot merveilleux, répondit-il. Magnifique.

— Et c'est pour ça que vous allez aux courses ?

— Les courses, c'est du gâteau, dit-il. On s'attarde, à la fin, et on observe les veinards qui font la queue pour ramasser leur fric. Et quand on voit quelqu'un ramasser un gros paquet de billets, on le suit et on se sert. Mais attention, l'aristo, je chipe jamais aux perdants ni aux pauvres types, rien que ceux qui ont les moyens, les gagnants et les richards.

— Très délicat de votre part, dis-je. Combien de fois vous êtes-vous fait attraper ?

— Attraper ! s'écria-t-il indigné. Moi, me faire attraper ? Y a que les pickpockets qui se font attraper, les maîtres, jamais. Ecoutez, je pourrais piquer vos fausses dents sans que vous m'attrapiez.

— Je n'ai pas de fausses dents, dis-je.

— Je sais, fit-il. Autrement, je les aurais depuis longtemps. »

Je le crus. Ces longs doigts fins semblaient capables de tout.

Nous roulâmes un petit moment sans parler.

« Ce policier va faire son enquête sur vous, dis-je. Ça ne vous ennuie pas un peu ?

— Personne va faire son enquête sur moi, dit-il.

— Bien sûr que si. Il a noté bien soigneusement votre nom et votre adresse sur son carnet noir. »

L'homme me lança encore un de ses petits sourires de rongeur.

« Ah, dit-il, vous croyez. Eh bien, moi, je vous parie qu'il les a pas notés dans sa mémoire. J'ai jamais vu un flic qui ait bonne mémoire. Y en a qui se rappellent même pas leur nom.

— Quel est le rapport ? demandai-je. Il l'a noté dans son carnet noir, non ?

— Oui, l'aristo. Mais l'embêtant, c'est qu'il l'a perdu. Il a perdu le carnet avec mon nom et l'autre carnet, où y avait le vôtre. »

Du bout des longs doigts fins de sa main droite, l'homme brandissait triomphalement les deux carnets qu'il avait pris dans la poche du policier.

« C'est un des boulots les plus faciles que j'aie fait ! » annonça-t-il fièrement.

Je faillis rentrer dans un camion laitier, tellement j'étais excité.

« Maintenant, ce flic a rien sur nous ! dit-il.

— Vous êtes génial ! m'écriai-je.

— Il n'a pas de nom, pas d'adresse, pas de numéro de voiture, rien du tout !

— Vous êtes extraordinaire !

— Vous avez intérêt à quitter rapidement cette route, dit-il. Après, on fera un petit feu pour brûler ces deux carnets.

— Vous êtes fantastique ! m'exclamai-je.

— Merci, l'aristo. Ça fait toujours plaisir d'être apprécié. »

Le trésor de Mildenhall

Note sur l'histoire qui va suivre

En 1946, il y a plus de trente ans, j'étais encore célibataire et je vivais chez ma mère. Je gagnais bien ma vie en écrivant deux nouvelles par an. Je les faisais en quatre mois, et heureusement il y avait assez de gens en Angleterre et à l'étranger pour me les acheter.

Un matin d'avril de cette année-là, je lus dans le journal qu'on avait trouvé un magnifique trésor romain. Il avait été découvert quatre années auparavant par un laboureur de Mildenhall, dans le comté de Suffolk, mais sa découverte, pour je ne sais quelle raison, avait été tenue secrète jusque-là. L'article disait qu'il s'agissait du plus grand trésor jamais découvert dans les îles Britanniques et qu'il avait été acquis par le British Museum. Le nom du laboureur était Gordon Butcher.

Les histoires où l'on trouve vraiment de gros trésors me font frissonner des pieds à la tête. Après avoir lu cette nouvelle, je bondis de ma chaise sans finir mon petit déjeuner, je dis au revoir à ma mère et je me précipitai sur ma voiture. C'était une vieille *Wolseley* de neuf ans que j'appelais « La Belle Brune ». Elle marchait bien, mais pas très vite.

Mildenhall était à environ cent vingt *miles* de chez

moi. Le voyage fut un cross country plein d'embûches, le long de petites routes en lacets et de chemins vicinaux. J'arrivai à destination à l'heure du déjeuner. En demandant au poste de police local, je retrouvai la modeste maison où vivait Gordon Butcher avec sa famille. Quand je frappai à sa porte, il déjeunait.

Je lui demandai si ça ne l'ennuierait pas de me raconter comment il avait découvert le trésor.

« Non, merci, dit-il. J'en ai assez des journalistes. Je ne veux plus voir de journalistes pour le restant de mes jours.

— Je ne suis pas journaliste, dis-je. J'écris des nouvelles et j'envoie mes histoires à des magazines. On me donne beaucoup d'argent. »

Je continuai à lui dire que s'il me racontait exactement comment il avait trouvé son trésor, je pourrais écrire sa véritable histoire. Et que si j'avais assez de chance pour la vendre, je partagerais équitablement la somme avec lui.

A la fin, il accepta de parler. Nous restâmes assis plusieurs heures dans sa petite cuisine et il me raconta une histoire captivante.

Quand il l'eut achevée, je rendis visite au second homme impliqué dans l'affaire, un bonhomme plus âgé appelé Ford. Ford ne voulut pas me parler et me claqua la porte au nez. Mais j'avais mon récit et je retournai chez moi.

Le jour suivant, j'allai voir le trésor trouvé par Gordon Butcher au British Museum. Il était fantastique. J'en eus des frissons rien qu'à le regarder.

Je transcrivis l'histoire aussi fidèlement que possible et je l'envoyai en Amérique. Elle fut achetée par un magazine appelé *The Saturday Evening Post,* et on me paya bien. Quand l'argent arriva, j'en envoyai la moitié à Gordon Butcher.

Une semaine après, je reçus une lettre de Mr. Butcher, écrite sur une page arrachée d'un cahier d'écolier. Il disait : « ... J'ai failli tomber à la renverse quand j'ai vu votre chèque. C'était merveilleux. Il faut que je vous remercie... »

Voici à peu près l'histoire telle qu'elle fut écrite, il y a trente ans. Je l'ai très peu changée. J'ai estompé quelques fioritures, enlevé quelques adjectifs superflus et des phrases inutiles.

Le trésor de Mildenhall

Vers 7 heures du matin, Gordon Butcher alluma la lumière et quitta son lit. Il s'approcha pieds nus de la fenêtre et regarda à l'extérieur.

C'était janvier, il faisait encore sombre, mais il vit qu'il n'avait pas neigé pendant la nuit.

« Ce vent ! dit-il à sa femme. Ecoute-moi ce vent ! »

Sa femme était sortie du lit et se tenait à ses côtés, près de la fenêtre. Tous les deux écoutèrent en silence le sifflement du vent glacé qui balayait la plaine.

« C'est un vent du nord-est, dit-il.

— Il va certainement neiger avant la nuit, lui dit sa femme. Neiger beaucoup. »

Elle finit de s'habiller avant lui. Elle entra dans la chambre voisine, se pencha sur le petit lit de leur fille âgée de six ans et l'embrassa. Elle alla dire bonjour à leurs deux autres enfants, dans la troisième chambre, et descendit préparer le petit déjeuner.

A 8 heures moins le quart, Gordon Butcher mit son manteau, sa casquette et ses gants de cuir, puis sortit par la porte de derrière. Ce petit matin d'hiver était glacial et le vent lui fouettait les joues. Il ne faisait pas encore tout à fait jour. Il traversa la cour, se rendit à la remise où était rangé son vélo. Il le fit rouler dehors, monta sur la selle et se mit à pédaler au milieu de la route étroite, face au vent.

Gordon Butcher avait trente-huit ans. Ce n'était pas un ouvrier agricole comme les autres car il choisissait ses employeurs. Il possédait son tracteur avec lequel il labourait le champ des autres et rentrait leurs récoltes, après avoir passé un contrat. Il ne pensait qu'à sa femme, son fils et ses deux filles. Sa petite maison de brique, ses deux vaches, son tracteur et son habileté professionnelle étaient ses seules richesses.

La tête de Gordon Butcher avait une forme étrange, protubérante à l'arrière comme un œuf. Ses oreilles étaient décollées et il lui manquait une dent de devant. Mais cela n'avait aucune importance quand vous le rencontriez et qu'il vous regardait de ses yeux bleus tranquilles, dépourvus de malice, de ruse ou de cupidité. Il n'avait pas ces rides aux coins des lèvres marquant souvent les hommes qui travaillent la terre et passent leur vie à lutter contre les éléments.

Sa seule originalité (il le reconnaissait volontiers), c'était qu'il parlait tout seul. Selon lui, cette habitude provenait du fait qu'il travaillait seul dix heures par jour, six jours par semaine. « Ça me tient compagnie de m'entendre parler de temps en temps », disait-il.

Il appuyait bien sur les pédales pour lutter contre les rafales de vent.

« Allons, allons, vent ! disait-il. Tu es bien essoufflé ! C'est tout ce que tu sais faire ? Tu ne te fatigues pas beaucoup, ce matin ! »

Le vent glacé hurlait, le fouettait et se glissait jusqu'à sa peau à travers son manteau de laine, sa chemise et son gilet.

« Eh bien, fit-il, tu es plutôt tiède, aujourd'hui ! Faudrait que tu souffles un peu plus pour me faire frissonner. »

A présent, l'obscurité se diluait dans la pâle lumière grise du matin et Gordon Butcher voyait les nuages gris bleu mouchetés de noir tourbillonner dans le vent, très bas au-dessus de sa tête. Ils s'amoncelaient d'un bout à l'autre de l'horizon et glissaient comme un long ruban de métal gris. Il voyait aussi se dérouler la plaine morne et désolée du Suffolk, *mile* après *mile*.

Il pédalait toujours. Il traversa les faubourgs de la petite ville de Mildenhall et se dirigea vers le village de West Row où habitait un nommé Ford.

Il avait laissé son tracteur chez Ford, la veille, parce qu'il devait ensuite labourer pour lui quatre acres et demi à Thistley Green. Ce n'était pas la terre de Ford, détail important pour la suite de l'histoire, mais Ford lui avait demandé ce travail.

En fait, les quatre acres et demi appartenaient à un fermier nommé Rolfe.

Rolfe avait demandé à Ford de labourer son terrain parce que celui-ci, comme Gordon Butcher, labourait pour d'autres. La différence entre les deux hommes, c'est que Ford était quelqu'un de plus important. C'était un petit ingénieur agricole assez prospère, qui avait une jolie maison et une grande cour avec des hangars pleins d'outils et de machines, alors que Butcher n'avait que son tracteur.

Cependant, lorsque Rolfe avait demandé à Ford de labourer ses quatre acres et demi à Thisley Green, Ford était trop occupé et il avait donc sous-traité ce travail à Gordon Butcher.

Il n'y avait personne dans la cour de Ford, lorsque Butcher y pénétra. Il gara son vélo, remplit son tracteur d'huile et d'essence, fit chauffer le moteur, fixa la charrue à l'arrière, monta sur le siège, et prit la route de Thisley Green.

Le champ se trouvait à moins d'un demi-*mile,* et vers 8 h 30, Butcher en franchit l'entrée avec son tracteur. Thisley Green avait peut-être en tout une surface de cent acres et il était entouré d'une haie basse. C'était un grand champ séparé en plusieurs lopins qui appartenaient à plusieurs propriétaires. On pouvait facilement délimiter ces lopins car chacun était cultivé de façon différente. Le terrain de quatre acres et demi de Ford s'étendait sur un côté jusqu'à la clôture sud. Butcher connaissait l'endroit et il y conduisit son tracteur.

Le lopin était maintenant un chaume d'orge couvert de pousses jaunes et pourries qui avaient été moissonnées l'automne dernier. Il avait été taillé récemment pour être labouré.

« Il faut le labourer à fond, avait dit Ford à Butcher, la veille. C'est pour les betteraves. Rolfe va y faire pousser des betteraves. »

Pour l'orge, on creuse des sillons de quatre *pouces*, mais pour les betteraves, des sillons de dix ou douze *pouces*. Une charrue tirée par un cheval ne peut pas labourer aussi profondément. Les laboureurs pouvaient bien creuser depuis qu'il y avait des tracteurs. Le terrain de Rolfe avait été labouré pour les betteraves, quelques années auparavant, mais de toute évidence, le laboureur avait bâclé son travail car il aurait pu creuser davantage. S'il l'avait fait, l'événement de ce jour-là serait arrivé plus tôt, ce qui aurait changé toute notre histoire.

Gordon Butcher se mit à labourer. Il allait et venait avec sa charrue, jusqu'à creuser des sillons de douze *pouces* en formant sur son chemin des vagues de terre noire lisses et régulières.

Le vent soufflait plus fort de la mer démontée, balayant les champs plats du Norfolk, Saxthorpe, Reepah, Honingham, Swaffham et Larling, et après le Suffolk, Mildenhall jusqu'à Thisley Green où Gordon Butcher conduisait son tracteur sur le terrain d'orge de Rolfe. Gordon Butcher sentit l'odeur âpre de la neige, pas très loin, il vit le ciel bas à présent moucheté de gris pâle.

« Eh bien, vent ! dit-il en élevant la voix pour couvrir le bruit du moteur. Tu en as après quelqu'un, aujourd'hui ! Tu souffles, tu siffles et tu nous gèles ! Qu'est-ce que tu fais d'histoires ! Comme une femme ! Comme une femme, quelquefois, le soir. »

60

Il gardait l'œil sur la ligne du sillon et souriait.

A midi, il arrêta le moteur, descendit et sortit son déjeuner de sa poche. Il s'assit par terre, à l'abri près d'une des énormes roues du tracteur. Il mangea quatre gros morceaux de pain et de petits bouts de fromage. Il n'avait rien à boire car sa bouteille Thermos avait éclaté lors d'une secousse du tracteur, deux semaines auparavant, et pendant la guerre (car l'histoire se passait en janvier 1942) on ne pouvait acheter de Thermos nulle part. Son repas dura quinze minutes. Puis il se leva et examina sa fiche.

A la différence de nombreux laboureurs, Butcher accrochait toujours sa charrue au tracteur avec une fiche en bois. Ainsi, si la charrue heurtait une racine ou une grosse pierre, la fiche se cassait aussitôt, ce qui lui évitait de sérieux dommages. Dans ce pays de plaines marécageuses, gisaient sous terre d'énormes troncs de vieux chênes et une cheville de bois sauvait un soc de charrue plusieurs fois par semaine.

Thistley Green était une région de champs bien cultivés, pas une région marécageuse, mais Butcher préférait ne pas prendre de risques.

Il examina la tige en bois. Elle était en bon état. Il remonta sur le tracteur et continua son travail.

Le tracteur allait et venait sur le champ, en laissant une vague de terre lisse et noire sur son passage. Le vent soufflait, encore plus glacé, mais il ne neigeait pas.

Vers 3 heures, l'événement arriva.

Il y eut un léger cahot, la fiche se cassa et la charrue se détacha. Butcher s'arrêta, descendit et alla voir ce que la charrue avait heurté. C'était surprenant sur cette terre arable, car en principe il n'y avait pas de troncs de chênes sous le sol.

Il s'agenouilla près de la charrue et se mit à creuser le sol autour de la pointe du soc. Le sol s'enfonçait à douze *pouces*, il fallait beaucoup creuser. Il plongea ses mains gantées dans la terre et se mit à piocher. Six *pouces...* huit *pouces...* dix *pouces...* douze. Il fit glisser ses doigts le long de la lame jusqu'à atteindre le triangle. La terre meuble et friable retombait à mesure dans le trou qu'il creusait. Il ne voyait donc pas la pointe, mais la touchait seulement. Il sentit qu'elle était en effet bloquée par quelque chose de solide. Il creusa encore, élargit le trou. Il lui fallait voir clairement quelle sorte d'obstacle il avait heurté. Si c'était assez petit, il pourrait peut-être creuser de ses mains puis terminer son travail. S'il s'agissait d'un tronc d'arbre, il lui faudrait revenir chercher une pelle chez Ford.

« Allons, fit-il à haute voix, je te sortirai de ta cachette, démon ! Espèce de sale vieux truc ! »

Et soudain, tandis qu'il ramassait une dernière poignée de terre noire, il aperçut le bout arrondi d'un objet plat, comme le bord d'une énorme assiette qui dépassait. Il épousseta le bord avec ses doigts, plusieurs fois. Alors, le bord se mit à briller d'un éclat verdâtre. Gordon Butcher pencha la tête, scrutant le petit trou qu'il avait creusé. Une dernière fois, il essuya le bord, et à la lumière il aperçut nettement la paroi bleu vert, facilement reconnaissable, d'une vieille pièce d'orfèvrerie. Son cœur fit un bond.

Il faut préciser que, dans cette partie du Suffolk, et surtout dans la région de Mildenhall, les fermiers ont toujours déterré des objets anciens. On a découvert bon nombre de têtes de flèches en silex datant de la préhistoire, et mieux encore, des poteries et des outils romains. On sait que, pendant l'occupation de l'Angleterre, c'était cette région que préféraient les Romains. Tous les fermiers du coin savent qu'ils peuvent trouver un objet intéressant en travaillant la terre. Et les gens de Mildenhall pensent souvent qu'il y a un trésor sous leur champ.

Dès qu'il aperçut le bord de cette énorme assiette,

Gordon Butcher eut une réaction étrange. Il recula aussitôt, puis il se leva. Il arrêta le moteur de son tracteur et se dirigea vers la route.

Il ne savait pas exactement ce qui le poussait à agir ainsi. Tout ce qu'il se rappelle de ces premières secondes, c'est que cette petite tache bleu vert ne lui disait rien qui vaille. Au moment où il la toucha, il sentit comme une décharge électrique lui traverser le corps et il eut la certitude que cet objet pouvait détruire la paix et l'harmonie de nombreuses personnes.

Au début, il souhaita seulement s'éloigner de tout cela et ne plus en entendre parler. Mais après avoir fait cent *yards,* il ralentit. Il s'arrêta devant le portail de Thistley Green.

« Mon Dieu, que vous arrive-t-il, Mr. Gordon Butcher ? dit-il à haute voix au vent qui hurlait. Vous avez peur ou quoi ? Non, je n'ai pas peur. Mais j'avoue que je n'ai pas très envie de m'occuper de ça tout seul. »

A ce moment-là, il pensa à Ford. Il y pensa d'abord parce qu'il travaillait pour lui, et ensuite parce que celui-ci collectionnait les pièces anciennes. Les gens du coin lui apportaient les vieilles pierres et les têtes de flèches qu'ils déterraient de temps à autre, et Ford les posait sur la cheminée de son salon. On pensait qu'il les revendait, mais cela n'intéressait personne de savoir comment.

Gordon Butcher se dirigea vers l'endroit où habitait Ford, franchit le portail, prit un sentier, et tourna à gauche, jusqu'à sa maison. Il trouva Ford dans son grand hangar, penché sur une herse endommagée qu'il réparait. Sur le pas de la porte, Butcher appela :

« Mr. Ford ! »

Ford lui jeta un coup d'œil, sans se redresser.

« Eh bien, Gordon, qu'est-ce qu'il y a ? »

Ford était un homme au crâne chauve, d'une quarantaine d'années, peut-être plus. Il avait des lèvres minces et sèches, avec des fines rides d'amertume et rien qu'à le voir, on savait qu'il ne souriait pas souvent. Il avait le menton fuyant, un nez long et pointu et l'air aigri et rusé d'un vieux renard sorti des bois.

« Qu'est-ce qu'il y a ? » répéta-t-il en levant les yeux.

Gordon Butcher se tenait près de la porte, les joues bleuies de froid, un peu essoufflé, tout en se frottant lentement les mains.

« Le tracteur a lâché la charrue, dit-il calmement. Il y a un objet en métal en dessous. Je l'ai vu. »

Ford tressaillit.

« Quelle sorte d'objet en métal ? demanda-t-il vivement.

— Un objet plat, très plat, comme une énorme assiette.

— Vous ne l'avez pas déterré ? »

Maintenant, Ford s'était redressé et ses yeux luisaient de cupidité.

« Non, je l'ai laissé, dit Butcher. Je suis venu ici tout de suite. »

Ford se dirigea sans se presser dans le coin du hangar, décrocha son manteau du clou. Il chercha sa casquette et ses gants, prit une pelle et alla vers la porte. Il remarqua qu'il y avait quelque chose d'étrange dans le comportement de Butcher.

« Vous êtes sûr que c'est du métal ?

— Il est tout rouillé, répondit Butcher, mais c'est quand même du métal.

— A combien de profondeur ?

— A douze *pouces*. En tout cas, le haut est à douze *pouces*. Le reste est plus profond.

— Comment savez vous que c'est une assiette ?

— Je ne sais pas, dit Butcher. Je n'ai vu qu'un petit

bout du bord. Mais ça m'a paru être une assiette, une énorme assiette. »

La figure chafouine de Ford blêmit d'excitation.

« Allez, dit-il. On va y jeter un coup d'œil. »

Les deux hommes sortirent dans la tourmente, toujours plus violente. Ford frissonna.

« Maudit sale temps ! dit-il. Maudit cochon de sale temps ! »

Il enfonça sa figure allongée de renard dans le col de son manteau, et se mit à imaginer ce que Butcher pouvait bien avoir trouvé.

Ford savait une chose que Butcher ignorait. En 1932, un nommé Lethbridge, qui donnait des cours sur les antiquités anglo-saxonnes à l'université de Cambridge, avait fait des fouilles dans la région et il avait même découvert les fondations d'une villa romaine à Thistley Green. Ford ne l'avait pas oublié et il accéléra le pas. Butcher marchait à ses côtés, sans lui parler, et bientôt ils arrivèrent sur les lieux. Ils franchirent l'entrée et traversèrent le champ, jusqu'à la charrue qui se trouvait à dix *yards,* derrière le tracteur.

Ford s'agenouilla à l'avant de la charrue et scruta le petit trou que Gordon Butcher avait creusé de ses mains. Du doigt, il toucha le bord du métal gris bleu. Il se pencha jusqu'à enfoncer complètement son nez pointu dans le trou. Il promena son doigt sur la surface verte et rugueuse. Puis il se leva et dit :

« Ecartons la charrue et creusons un peu. »

Il se forçait à garder une voix douce et insouciante, mais il avait la tête pleine de feux d'artifice et frissonnait de partout.

A eux deux, ils firent reculer la charrue de deux *yards.*

« Donnez-moi la pelle », dit Ford, et il se mit à creuser soigneusement un cercle de trois *pieds* de diamètre autour du bout de métal visible. Lorsque le trou eut deux *pieds* de profondeur, il jeta la pelle et se servit

de ses mains. Il s'agenouilla et gratta le sol. Peu à peu, le petit bout de métal s'élargit, s'élargit, et à la fin, devant eux, apparut une énorme assiette ronde. Elle avait bien vingt-quatre *pouces* de diamètre. La pointe du soc avait heurté le bord de l'assiette, qui était ébréchée à cet endroit.

Ford la souleva avec précaution au-dessus du trou. Il s'accroupit et se mit à la gratter, à la retourner avec les mains. Il n'y avait rien d'autre à voir car toute la surface était recouverte d'une épaisse couche bleu vert. Mais il savait que c'était un énorme plat, ou une énorme assiette, très lourde et très épaisse, qui pesait dans les dix-huit *livres* !

Au milieu de son champ de chaume d'orge jaune, Ford fixait l'énorme plat. Ses mains commençaient à trembler. Il bouillonnait d'une excitation terrible, insupportable presque. Il faisait de son mieux pour le cacher, ce qui n'était pas facile.

« Une sorte d'assiette », dit-il.

Butcher était agenouillé par terre, près du trou.

« Ça doit être rudement vieux, dit-il.

— Peut-être bien, dit Ford, mais c'est tout rouillé et tout rongé.

— Pour moi, ça ne ressemble pas à de la rouille, dit Butcher. Ce truc verdâtre n'est pas de la rouille. C'est autre chose...

— C'est de la rouille », affirma Ford avec assurance, ce qui clôt la discussion.

Butcher, toujours à genoux, tâtonnait de ses mains gantées dans le trou, qui était à présent large de trois *pied*s.

« Il y en a un autre », dit-il.

Aussitôt, Ford posa le grand plat sur le sol. Il s'agenouilla à côté de Butcher, et en quelques minutes, ils avaient déterré un autre grand plat recouvert d'une croûte verte. Celui-ci était un peu plus petit que le premier, et plus profond. Il ressemblait davantage à un bol qu'à une assiette.

Ford se leva et brandit la nouvelle trouvaille à bout de bras. Elle pesait lourd, elle aussi. A présent, il savait qu'ils étaient sur la piste d'une chose absolument formidable, la piste d'un trésor romain en argent massif. Deux indices l'indiquaient : premièrement, le poids, deuxièmement, le genre de croûte verte provoquée par l'oxydation.

Découvre-t-on souvent, dans le monde, des objets romains en argent ?

Presque plus. Est-ce qu'on avait déterré d'aussi grosses pièces, auparavant ?

Ford ne l'aurait pas affirmé, mais il ne le croyait pas.

Cela devait valoir des millions.

Oui, des millions de *livres*.

Sa respiration, qui s'était accélérée, formait de petits nuages de vapeur dans l'air glacial.

« Il y en a d'autres, Mr. Ford, dit Butcher. Je suis sûr qu'il y en a d'autres, sous ce champ. Vous allez encore devoir vous servir de la pelle. »

Le troisième objet qu'ils sortirent fut encore un grand plat, assez semblable au premier. Ford le plaça dans le chaume d'orge, avec les deux autres.

Puis Butcher sentit le premier flocon sur ses joues. Il leva les yeux et vit qu'un grand rideau blanc, un épais mur de neige, poussé par le vent, barrait le ciel, au nord-est.

« La neige ! » s'écria-t-il.

Ford regarda. La neige venait vers eux.

« C'est le blizzard, dit-il. Saleté de blizzard ! »

Le blizzard, qui avait traversé les plaines, arrivait sur eux. Ils furent cernés par une tourmente de neige blanche, avec des flocons plein les yeux, les oreilles, la bouche, le cou, partout. Et lorsque, quelques secondes plus tard, Butcher regarda le sol, il était devenu tout blanc.

« Voilà bien notre veine, dit Ford. Cochonnerie de blizzard ! »

Il frissonna et enfonça sa figure pointue de renard dans le col de son manteau.

« Allons, reprit-il, voyons s'il y en a d'autres. »

A nouveau, Butcher s'agenouilla pour tâter le sol et, à la manière lente et insouciante de ceux qui cherchent une aiguille dans une botte de foin, il retira un autre plat et le tendit à Ford. Celui-ci s'en empara et le plaça avec les trois autres. Ford s'agenouilla à son tour près de Butcher et plongea ses mains dans le sol.

Durant une heure entière, les deux hommes creusèrent et piochèrent dans un petit carré de terre de trois *pieds.* Au cours de cette heure, ils ne découvrirent pas moins de *trente-quatre objets différents,* qu'ils posèrent par terre. Il y avait des assiettes, des bols, des gobelets, des cuillères, des louches et plusieurs autres objets, tous oxydés, mais chacun parfaitement identifiable. Pendant ce temps, le blizzard tourbillonnait autour d'eux, la neige s'amoncelait sur leurs casquettes et leurs épaules. Les flocons fondaient sur leurs visages et des ruisseaux d'eau glacée leur dégoulinaient dans le cou. Une grosse goutte, à moitié gelée, pendait continuellement au bout du nez pointu de Ford, comme un perce-neige.

Ils travaillaient en silence. Il faisait trop froid pour parler. Et tout en déterrant ces objets précieux les uns après les autres, Ford les posait soigneusement en rang d'oignon, s'arrêtant de temps à autre pour enlever la neige d'une assiette ou d'une cuillère qui menaçaient d'être complètement ensevelies.

A la fin, Ford déclara :

« Je crois que c'est tout.

— Oui. »

Ford se leva et tapa ses pieds contre le sol.

« Vous avez un sac, dans le tracteur ? » demanda-t-il.

Tandis que Butcher allait chercher le sac, il se retourna pour regarder les trente-quatre objets. Il les recompta. S'ils étaient bien en argent, et s'ils étaient romains, ce qui ne faisait aucun doute, il s'agissait d'une découverte retentissante.

Butcher l'appela du tracteur :

« Je n'ai qu'un vieux sac tout sale.

— Ça ira. »

Butcher apporta le sac et l'ouvrit. Ford y fourra les objets avec précaution. Ils y entrèrent tous, sauf un. L'énorme plat de deux *pieds* était trop large pour entrer par l'ouverture.

Les deux hommes avaient vraiment froid, à présent. Pendant plus d'une heure, ils avaient fouillé la terre à genoux dans ce champ, en plein blizzard. Il était déjà tombé six *pieds* de neige. Butcher était à moitié gelé. Il avait les joues pâles comme celles d'un mort, et marbrées de taches bleues, les pieds engourdis comme du bois et, lorsqu'il remuait les jambes, il ne sentait pas le sol. Il avait beaucoup plus froid que Ford. Son manteau et ses vêtements ne le protégeaient pas assez et depuis l'aube, il était resté assis sur son tracteur, exposé au vent glacial. Sa figure blanche marbrée de bleu était fermée et impassible. Il désirait seulement rentrer chez lui pour retrouver sa famille, près du feu qui brûlait dans la cheminée.

Ford, en revanche, ne pensait pas au froid. Son esprit était fixé sur une seule chose ; comment prendre possession de ce trésor fabuleux. Sa position, il le savait très bien, n'était pas solide.

En Angleterre, il existe une très curieuse loi en ce qui concerne la découverte d'or ou de trésors en argent. Cette loi remonte à des siècles et elle est toujours en vigueur. Selon cette loi, si une personne déterre (même dans son propre jardin) un objet d'orfèvrerie, soit en or, soit en argent, celui-ci devient automatiquement Trésor du Royaume, et propriété de la Couronne. Le terme de Couronne ne désigne plus de nos jours le roi ou la reine du moment, mais le pays ou le gouvernement. La loi stipule aussi que c'est un délit criminel que de dissimuler une telle découverte. On n'a absolument pas le droit de la cacher et de la garder pour soi. On doit la signaler immédiatement, de préférence à la police. Et si on la signale immédiatement, on a le droit, en tant qu' « inventeur », de recevoir le montant de la valeur marchande de l'objet. Il n'est pas nécessaire d'agir ainsi lorsqu'on a déterré d'autres métaux. On a le droit de découvrir tant qu'on veut de l'étain, du bronze, du cuivre, ou même du platine de valeur, et on peut même les garder, mais pas l'or ni l'argent.

Voici l'autre aspect curieux de cette curieuse loi : c'est la personne qui découvre le trésor *la première* qui reçoit la récompense du gouvernement. Le propriétaire de la terre ne reçoit rien — à moins, bien entendu, que l'inventeur ne se soit introduit illégalement dans une propriété, lorsqu'il a fait la découverte. Mais si l'inventeur d'un trésor était employé par le propriétaire pour travailler sur sa terre, c'est lui-même qui reçoit toute la récompense.

Dans ce cas-là, c'était Gordon Butcher l'inventeur. En outre, il se trouvait là légalement, puisqu'il effectuait un travail qu'on lui avait demandé de faire. De ce fait, le trésor appartenait à Butcher et à personne d'autre. Il ne lui restait plus qu'à aller le montrer à un expert qui l'identifierait aussitôt comme étant de l'argent et le remettrait à la police. En attendant, il recevrait du gouvernement un centième de sa valeur, peut-être un million de *livres*.

Tout cela écartait Ford, et celui-ci le savait bien. Selon la loi, il n'avait aucun droit sur le trésor. Ainsi, se disait-il sans doute à ce moment-là, son unique chance de s'emparer du trésor résidait dans le fait que

Gordon Butcher était un ignorant qui ne connaissait pas la loi et n'avait pas la moindre idée de la valeur de sa découverte. Dans quelques jours, Butcher aurait probablement tout oublié. C'était un homme trop simple, trop peu rusé, trop confiant, trop altruiste, pour réfléchir beaucoup à ce qui venait d'arriver.

Dans le champ désolé, balayé par la neige, Ford se baissa et prit l'énorme plat dans une main. Il le mit à la verticale, sans le soulever. De l'autre main, il attrapa le sac et le serra, sans le soulever non plus. Et il resta penché là, au milieu des flocons de neige qui tourbillonnaient, les deux mains sur le trésor, sans toutefois le prendre. C'était un geste rusé et prudent. D'une certaine façon, ce geste signifiait qu'il était le propriétaire avant que cela ait été discuté. Un enfant joue le même jeu lorsqu'il tend la main au-dessus du plus gros éclair au chocolat, dans une assiette, et qu'il dit : « Je peux prendre celui-ci, maman ? » De cette façon, le gâteau lui revient déjà.

« Eh bien, Gordon, dit Ford qui, toujours penché, tenait le sac et le grand plat dans ses mains gantées. Je pense que vous ne voulez pas de ces vieux trucs. »

Ce n'était pas une question mais une affirmation.

Le blizzard faisait toujours rage. La neige tombait si dru que les deux hommes pouvaient à peine se voir.

« Vous devriez retourner chez vous pour vous réchauffer, poursuivit Ford. Vous avez l'air mort de froid.

— Oui, je suis mort de froid, dit Butcher.

— Alors, montez vite sur le tracteur et dépêchez-vous de rentrer, fit le bon Ford, plein d'attentions. Vous pouvez laisser la charrue ici et votre vélo chez moi. L'important est de retourner vite vous réchauffer avant que vous n'attrapiez une pneumonie.

— C'est ce que je vais faire, Mr. Ford, dit Butcher. Vous pourrez vous débrouiller, avec ce sac ? Il est rudement lourd.

— Je ne m'en occuperai pas aujourd'hui, dit Ford d'un ton dégagé. Je vais le laisser ici et je reviendrai le chercher une autre fois. Ce ne sont que de vieux trucs rouillés.

— Allez, au revoir, Mr. Ford.

— Au revoir, Gordon. »

Gordon Butcher monta sur le tracteur et s'éloigna dans le blizzard.

Ford hissa le sac sur son épaule et, non sans quelque difficulté, souleva le plat massif de l'autre main et le fourra sous son bras.

« En ce moment, se dit-il en marchant dans la neige, je porte sans doute le plus grand trésor de toute l'histoire de l'Angleterre. »

Lorsque, en fin d'après-midi, soufflant et battant la semelle, Gordon Butcher franchit la porte de sa petite maison de brique, sa femme repassait près du feu. Elle leva les yeux sur lui et vit sa figure blême, ainsi que ses habits couverts de neige.

« Mon Dieu, Gordon, tu as l'air mort de froid ! s'écria-t-elle.

— Exactement ! dit-il. Aide-moi à enlever mes habits, ma chérie. Mes doigts sont tout engourdis. »

Elle lui enleva les gants, le manteau, la veste et sa chemise mouillée. Elle lui retira les chaussures et les chaussettes. Elle alla chercher une serviette de toilette et lui frotta vigoureusement la poitrine et les épaules, pour raviver sa circulation. Puis elle lui frotta les pieds.

« Assieds-toi près du feu, dit-elle. Je t'apporte du thé chaud. »

Plus tard, lorsqu'il fut confortablement installé et bien au chaud, des habits secs sur le dos et une tasse de thé à la main, il lui raconta ce qui s'était passé dans l'après-midi.

« Ce Ford est un roublard, dit-elle sans lever les yeux de son repassage. Je ne l'ai jamais aimé.

« — Tout ça l'a drôlement excité, je t'assure, dit Gordon Butcher. Il était nerveux comme un lapin.

— Sans doute, dit-elle. Mais tu n'as pas été très raisonnable d'aller t'agenouiller pour creuser dans le blizzard glacé, rien que parce que Mr. Ford te l'a demandé.

— Ça va, dit Gordon Butcher. Maintenant, je suis bien réchauffé. »

Et croyez-le ou non, ce fut la dernière fois que l'on parla du trésor dans la maison des Butcher pendant quelques années.

Il faut rappeler au lecteur que cela se passait pendant la guerre, en 1942. L'Angleterre était totalement engagée dans la guerre acharnée contre Hitler et Mussolini. L'Allemagne bombardait l'Angleterre, qui bombardait l'Allemagne. Presque tous les soirs, Gordon Butcher entendait des grondements de moteurs, de l'aérodrome voisin de Mildenhall, car des bombardiers décollaient pour Hambourg, Berlin, Kiel, Wilhelmshaven ou Francfort. Parfois, il se réveillait de très bonne heure et les entendait revenir. D'autres fois, les Allemands bombardaient l'aérodrome et les explosions ébranlaient la maison de Butcher.

Butcher était dispensé d'obligation militaire. C'était un fermier, un bon laboureur, et lorsqu'il s'était porté volontaire en 1939, on lui avait répondu qu'on ne voulait pas de lui. L'île ne devait pas manquer de nourriture et il était vital que des hommes tels que lui poursuivent leur travail et cultivent la terre.

Ford, pour la même raison, avait été lui aussi dispensé. C'était un célibataire, il vivait seul et pouvait donc mener une vie cachée et accomplir des choses en secret entre les quatre murs de sa maison.

Aussi, lors de cette terrible après-midi où il avait tant neigé et où ils avaient déterré le trésor, Ford avait ramené celui-ci chez lui et avait tout posé sur une table, dans la pièce de derrière.

Trente-quatre pièces différentes ! Elles couvraient toute la table. De toute évidence, elles étaient en bon état. L'argent ne se rouille pas. La croûte verte d'oxydation peut même protéger la surface de l'objet. Et si on s'y appliquait, on pourrait l'enlever entièrement.

Ford décida d'utiliser un produit d'entretien ménager ordinaire, du *Silvo,* et il en acheta une grosse quantité à la quincaillerie de Mildenhall. Il prit d'abord le grand plat qui pesait plus de dix-huit *livres.* Il l'imprégna de *Silvo,* puis frotta et refrotta. Il travailla patiemment sur ce seul plat toutes les nuits pendant plus de seize semaines.

A la fin, une soirée mémorable, tandis qu'il frottait une petite surface d'argent étincelant, apparut un bout d'une tête humaine, en relief, magnifiquement travaillée.

Il continua à frotter et peu à peu, la petite surface de métal étincelant s'agrandit, s'agrandit, la croûte bleu vert ne restait plus que dans les coins. Enfin, la surface du plat lui apparut dans toute sa splendeur, couverte d'un étonnant motif d'animaux, d'hommes et autres choses étranges et fabuleuses.

Ford fut abasourdi par la beauté de ce plat, par ces dessins pleins de vie et de mouvement. Il y avait un visage guerrier aux cheveux en bataille, une chèvre à tête humaine qui dansait, ainsi que des hommes, des femmes et des animaux de toute espèce cabriolant le long du bord. De toute évidence, ces personnages racontaient une histoire.

Ensuite, il entreprit de nettoyer l'envers du plat. Cela prit des semaines et des semaines. Lorsque le travail fut terminé et que le plat étincelait de mille feux à l'envers et à l'endroit, il le mit en sûreté dans le placard du bas de son gros buffet en chêne dont il referma la porte à double tour.

Puis il s'attaqua un à un aux trente-trois objets restants. Maintenant, il avait une obsession : il désirait absolument que chaque pièce d'argent se mette à briller de tout son éclat. Il voulait avoir le spectacle éblouissant des trente-quatre pièces d'argent posées sur la grande table, il le voulait plus que tout au monde et il travailla très dur pour réaliser son désir.

Il nettoya ensuite les deux plats plus petits, le gros bol strié, puis les cinq louches, les gobelets, les verres à vin, les cuillères. Chaque objet fut nettoyé avec un soin égal et brilla du même éclat. Lorsque tout fut terminé, deux années s'étaient écoulées et on était en 1944.

Aucun étranger ne fut autorisé à y jeter un coup d'œil. Ford n'en discuta avec personne et Rolfe, le propriétaire du lopin de Thistley Green où le trésor avait été découvert, ne sut rien. Il savait seulement que Ford, ou celui que Ford avait employé, avait labouré sa terre bien à fond.

On devine pourquoi Ford cacha le trésor au lieu d'aller le signaler à la police, comme Trésor du Royaume. S'il l'avait signalé, on le lui aurait retiré et c'est Gordon Butcher, en tant qu'inventeur, qui aurait été récompensé. Il aurait reçu une fortune. Donc, la seule chose que Ford pouvait faire était de continuer à cacher le trésor, dans l'espoir, probablement, de le revendre plus tard à un marchand ou à un collectionneur.

Bien sûr, on peut adopter un point de vue plus généreux et présumer que Ford gardait uniquement le trésor parce qu'il aimait être entouré de belles choses. Personne ne saura jamais la vérité.

Une autre année s'écoula.

Et puis, en 1946, juste après Pâques, on frappa à la porte de Ford. Celui-ci ouvrit.

« Bonjour, Mr. Ford. Comment allez-vous, depuis toutes ces années ?

— Bonjour, Dr Fawcett, dit Ford. Vous allez toujours bien ?

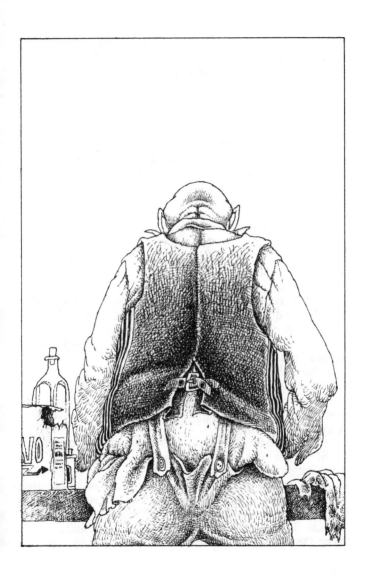

— Je vais bien, merci, répondit le docteur Fawcett. Ça fait longtemps qu'on ne s'est pas vus.

— Oui, lui dit Ford. On a rudement travaillé pendant cette satanée guerre.

— Puis-je entrer ? demanda le Dr Fawcett.

— Bien sûr, dit Ford. Entrez donc. »

Le Dr Hugh Alderson Fawcett était un éminent archéologue. Avant la guerre, il rendait visite à Ford une fois par an, pour lui acheter des vieilles pierres ou des têtes de flèches. Ford avait pris l'habitude de mettre ce genre d'objets de côté pendant douze mois pour le lui réserver. Il désirait toujours lui vendre certaines choses. Il y avait peu d'objets de grande valeur, mais aujourd'hui, il y avait infiniment plus extraordinaire.

« Bien, dit Fawcett en enlevant son manteau dans le petit couloir, bien, bien, bien. Cela fait sept ans que je ne suis pas venu ici.

— Oui, ça fait un bail », dit Ford.

Ford le conduisit dans la première pièce et lui montra une boîte de têtes de flèches en silex qui avaient été trouvées dans la région. Certaines avaient de la valeur, et d'autres pas. Fawcett en choisit quelques-unes, les rangea, puis ils décidèrent d'un prix.

« Rien d'autre ?

— Non, non. »

Ford souhaitait ardemment que le Dr Fawcett ne soit jamais venu. Il souhaitait même encore plus ardemment qu'il s'en aille.

A ce moment-là, Ford remarqua quelque chose qui le fit frémir. Il avait laissé sur la cheminée les deux plus belles cuillères romaines du trésor. Ces cuillères l'avaient fasciné parce que, sur chacune d'elles, on avait inscrit le nom d'une petite fille. Des parents convertis au christianisme les avaient probablement offertes à leurs enfants. L'un des noms était Pascentia, et l'autre Papittedo. De jolis noms.

Ford, transpirant de peur, essaya de se placer entre le Dr Fawcett et la cheminée. Il pouvait même, songeait-il, glisser les cuillères dans sa poche, s'il en avait l'occasion.

Mais il ne l'eut pas.

Peut-être Ford avait-il si bien poli ces cuillères qu'un léger reflet accrocha le regard du docteur. Qui sait ? Toujours est-il que Fawcett les vit et alors, il bondit comme un tigre.

« Grands dieux ! s'écria-t-il. Qu'est-ce que c'est ?

— De l'étain, répondit Ford, transpirant de plus belle. Deux vieilles cuillères en étain.

— De l'étain ? cria Fawcett en retournant l'une des cuillères entre ses doigts. De l'étain ! Vous appelez ça de l'étain ?

— Exactement, dit Ford. C'est de l'étain.

— Savez-vous ce que c'est ? dit Fawcett d'une voix que l'excitation rendait suraiguë. Dois-je vous dire de quoi il s'agit vraiment ?

— Pas la peine, dit Ford avec brusquerie. Je le sais. C'est du vieil étain, et du beau. »

Fawcett lut les lettres romaines inscrites dans le creux de la cuillère.

« Papittedo ! s'exclama-t-il.

— Qu'est-ce que ça veut dire ? » demanda Ford.

Fawcett prit l'autre cuillère.

« Pascentia, dit-il. Magnifique ! Ce sont des noms d'enfants romains. Et ces cuillères, mon ami, sont en argent massif ! En argent massif !

— Pas possible ! fit Ford.

— Elles sont splendides ! s'écria Fawcett, extasié. Parfaites ! Incroyable ! Où les avez-vous dénichées ? Il est important de le savoir ! Y avait-il autre chose ? »

Fawcett bondissait dans toute la pièce.

« Eh bien... dit Ford en humectant ses lèvres sèches.

— Vous devez les signaler immédiatement ! cria Fawcett. Il s'agit d'un Trésor du Royaume ! Le British Museum va les vouloir, ça, c'est sûr ! Il y a longtemps que vous les avez ?

— Pas très, répondit Ford.

— Et qui les a trouvées ? demanda Fawcett en le regardant droit dans les yeux. Les avez-vous trouvées vous-même ou est-ce quelqu'un d'autre ? C'est d'une importance capitale. L'inventeur pourra tout nous apprendre ! »

Ford sentit les murs de la pièce se refermer autour de lui. Il ne savait plus que faire.

« Allons, vous devez savoir qui les a trouvées ! Quand vous les remettrez, vous devrez donner tous les détails. Vous me promettez d'aller tout de suite les rapporter à la police ?

— Eh bien... dit Ford.

— Si vous ne le faites pas, je serais obligé de le faire moi-même, lui dit Fawcett. C'est mon devoir. »

Maintenant, finie la comédie. Ford le savait bien. On lui poserait mille questions. Comment avez-vous trouvé le trésor ? Quand ? Que faisiez-vous ? Quel était l'endroit exact ? A qui appartenait la terre que vous labouriez ? Et tôt ou tard, inévitablement, le nom de Gordon Butcher serait prononcé. C'était immanquable. Et lorsqu'on interrogerait Butcher, il se rappellerait l'importance du trésor et raconterait tout.

Oui, finie la comédie. La seule chose à faire, à ce moment-là, c'était d'ouvrir les portes du grand buffet et de montrer la totalité du trésor au Dr Fawcett.

Ford pourrait se justifier de l'avoir gardé en alléguant que selon lui il s'agissait d'étain. Tant qu'il s'en tiendrait là, pensait-il, on ne pourrait rien contre lui.

Le Dr Fawcett aurait probablement une attaque quand il verrait ce que contenait le placard.

« En fait, il y en a d'autres, dit Ford.

— Où ? cria Fawcett en tournant sur lui-même. Où ça ? Montrez-moi !

— Je croyais vraiment que c'était de l'étain, dit Ford en se dirigeant lentement, bien à contrecœur, vers le buffet de chêne. Autrement, bien entendu, je l'aurais tout de suite signalé ! »

Il se baissa et ouvrit les placards du bas.

En effet, le Dr Hugh Alderson Fawcett faillit avoir une attaque. Il se jeta à genoux, haletant, soufflant, et se mit à crachoter comme une vieille bouilloire. Il tendit la main vers le grand plat d'argent. Blanc comme un linge, il le tint entre ses mains tremblantes, sans pouvoir parler. Il était littéralement frappé de mutisme, à tous les sens du terme, à la vue de ce trésor.

La partie la plus intéressante de l'histoire se termine ici, le reste n'est que routine. Ford alla au commissariat de police de Mildenhall. La police vint aussitôt prendre les trente-quatre pièces qui furent envoyées au British Museum pour être examinées.

Le British Museum envoya un message urgent à la police. On n'avait jamais trouvé plus beau trésor romain dans les îles Britanniques et sa valeur était considérable. Le Museum (qui est une institution gouvernementale) souhaitait l'acquérir, et dut même insister pour l'avoir.

Puis les rouages de la justice se déclenchèrent. On décida de faire une enquête publique en interrogeant les témoins dans la ville la plus proche, Bury St. Edmunds. L'argent fut placé sous la protection spéciale de la police. Ford fut convoqué devant le Coroner et un jury de quatorze personnes. Le bon et tranquille Gordon Butcher fut aussi appelé à témoigner.

L'audience eut lieu le 1er juillet 1946, un lundi, et le Coroner soumit Ford à un contre-interrogatoire serré.

« Vous avez cru que c'était de l'étain ?

— Oui.

— Même après l'avoir nettoyé ?

« — Oui.

— Vous n'avez rien fait pour avertir des experts ?

— Non.

— Qu'avez-vous l'intention de faire de ces objets ?

— Rien. Juste les garder. »

Et lorsqu'il eut fini de témoigner, Ford demanda la permission d'aller respirer un peu d'air frais parce qu'il se sentait faible. Cela ne surprit personne.

Puis on appela Butcher qui raconta son rôle dans l'histoire en quelques mots simples.

Le Dr Fawcett vint à la barre, ainsi que plusieurs archéologues érudits. Tous témoignèrent de l'extrême rareté du trésor. Ils dirent qu'il provenait du IVe siècle après J.-C., qu'il s'agissait du service en argent d'une riche famille romaine, qu'il avait probablement été enterré par l'intendant du propriétaire, pour échapper aux Pictes et aux Scots qui déferlèrent du nord, aux environs de 365 après J.-C., et qui pillèrent de nombreuses colonies romaines. L'homme qui l'avait enterré avait probablement été massacré par un Picte ou un Scot, et depuis, le trésor était resté caché à un *pied* sous terre. Selon les experts, c'était un magnifique travail d'orfèvrerie. Certaines pièces pouvaient avoir été fabriquées en Angleterre, mais il était plus probable qu'elles avaient été faites en Italie ou en Egypte. Bien entendu, le grand plat était la plus belle pièce. La tête centrale représentait celle de Neptune, le dieu de la mer, avec des dauphins dans les cheveux et des algues dans la barbe. Tout autour de lui gambadaient des naïades et des monstres marins. Sur le bord du plat, on voyait Bacchus et son escorte, buvant et s'ébattant. Hercule, complètement soûl, était soutenu par deux satyres, sa peau de lion tombée de ses épaules. Il y avait aussi Pan, dansant sur ses pieds de bouc, ses pipeaux à la main, et partout des Ménades, femmes dévouées à Bacchus, et passablement éméchées.

Au tribunal, on dit aussi que plusieurs cuillères avaient le monogramme du Christ (Chi-Rho) et que les deux comportant l'inscription de Pascentia et de Papittedo étaient sans aucun doute des cadeaux chrétiens.

Les experts finirent leur témoignage et on leva la séance. Bientôt, le jury revint avec un verdict stupéfiant. L'inventeur du trésor n'était plus habilité à recevoir toute la récompense, parce qu'il ne l'avait pas signalé aussitôt, et pourtant, personne ne fut blâmé. Néanmoins, on prévit une compensation et on déclara que les inventeurs étaient Ford et Butcher.

Pas Butcher. Ford et Butcher.

Il n'y a rien d'autre à ajouter, sinon que le trésor fut acquis par le British Museum, où il est maintenant fièrement exposé dans une grande vitrine, à la vue de tous. Des gens ont déjà fait de longs voyages pour voir les magnifiques pièces que Gordon Butcher a découvertes, par cet après-midi d'hiver froid et venté. Un jour, on fera une ou deux compilations sur le sujet, à partir de tas de suppositions et de conclusions embrouillées, et les hommes qui fréquentent les cercles d'archéologie parleront toujours du trésor de Mildenhall.

Le Museum fit le geste de récompenser les deux co-inventeurs par une somme de mille *livres* chacun. Butcher, le véritable inventeur, fut heureux et surpris de recevoir autant d'argent. Il ne comprit pas que, si dès le début, il avait ramené d'autorité le trésor chez lui, aurait signalé aussitôt son existence, et de ce fait, aurait pu recevoir un centième de sa valeur, c'est-à-dire quelque chose entre un demi-million et un million de *livres*.

Personne ne sait ce qu'en pensa Ford. Il dut être soulagé et quelque peu étonné d'entendre que le tribunal avait cru à son histoire d'étain. Mais surtout, il dut être effondré de la perte de son grand trésor. Le reste de sa vie, il s'en voudra à mort d'avoir laissé ces deux cuillères sur la cheminée, à la vue du Dr Fawcett.

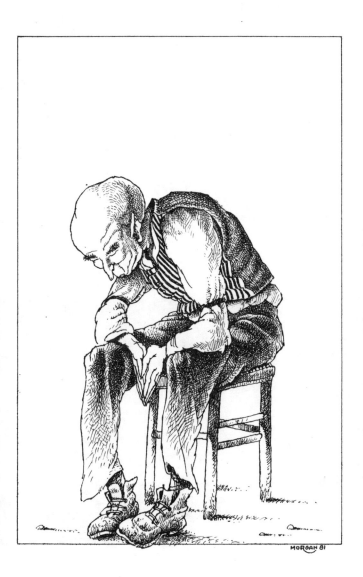

table

Folio Junior, c'est aussi cinq séries :
Poésie, Énigmes, Légendes, Science-Fiction et Bilingue.

Achevé d'imprimer
le 11 mars 1987
sur les presses de
l'Imprimerie Hérissey
à Évreux (Eure)

N° d'imprimeur : 42116
Dépôt légal : Mars 1987
1ᵉʳ dépôt légal dans la même collection : Septembre 1981
ISBN 2-07-033145-8

Imprimé en France

40461